SICI TRADOTTI DA GRANDI SCRITTORI

FAUSTA CIALENTE

ANNA BANTI

MARIA BELLONCI

LIBERO BIGIARETTI

OTTIERO OTTIERI

ALDO PALAZZESCHI

G E M I N I

Collana fondata da Maria Bellonci
a cura di Anna Maria Rimoaldi

Titolo originale: *Gulliver's Travels*
Illustrazioni a colori: Massimiliano Longo
Illustrazioni in bianco e nero: Carlo Molinari
Progetto grafico: Enrico Albisetti

www.giunti.it

ISBN 88-09-03214-4

Prima edizione: 1998
Seconda edizione: settembre 2003

Ristampa	Anno
6 5 4 3 2 1 0	2007 2006 2005 2004 2003

Stampato presso Giunti Industrie Grafiche S.p.A. – Stabilimento di Prato

JONATHAN SWIFT

I VIAGGI DI GULLIVER

nella traduzione di
Giuliana Berlinguer

GIUNTI Junior

Parte Prima
Viaggio a Lilliput

Capitolo I

L'Autore dà qualche notizia di se stesso, della propria famiglia e di come fu indotto a viaggiare – Naufrago, nuota per sopravvivere e trova scampo sulla spiaggia del paese di Lilliput, dove è fatto prigioniero e condotto all'interno del paese

Mio padre aveva una piccola proprietà nel Nottinghamshire: ero il terzo di cinque figli. A quattordici anni mi mandò a Cambridge, nel Collegio Emanuel, dove vissi tre anni totalmente dedito agli studi, ma la spesa del mio mantenimento (quantunque l'ammontare fosse assai modesto) era troppo gravosa per il nostro risicato patrimonio, così fui preso come apprendista presso il signor James Bates, eminente chirurgo in Londra, con il quale rimasi quattro anni; e, poiché di quando in quando mio padre mi mandava piccole somme di danaro, le impiegavo per imparare la navigazione e le altre branche delle scienze matematiche utili a chi si dà ai viaggi, certo da sempre che questo prima o poi era destino che io facessi. Quando lasciai il signor Bates ritornai da mio padre e con l'aiuto suo, di mio zio John e di altri parenti misi insieme quaranta sterline, più la promessa di trenta sterline l'anno per mantenermi a Leyda, dove studiai medicina per due anni e sette mesi, sapendo che nei lunghi viaggi mi sarebbe stata utile.

Poco dopo il mio ritorno da Leyda, il mio buon maestro, il signor Bates, mi raccomandò come chirurgo per la Swallow, comandata dal capitano Abraham Pannell, con il quale restai tre anni e mezzo compiendo uno o due viaggi nel Levante e in altre regioni. Quando rientrai decisi di stabilirmi a Londra, come mi incoraggiava a fare il mio maestro signor Bates, che mi raccomandò a diversi pazienti. Presi alloggio in una piccola casa nell'Old Jury e, consigliato a mutare il mio stato, presi in moglie la signora Mary Burton, seconda figlia del signor

Edmond Burton, calzettaio in Newgate Street, che mi portò quattrocento sterline di dote.

Ma due anni dopo, morto il mio buon maestro Bates, rimasi senza amici e i miei affari cominciarono a peggiorare, perché la mia coscienza non mi permetteva di imitare la cattiva pratica di troppi dei miei colleghi. Allora, consultatomi con mia moglie e con alcuni conoscenti, presi la decisione di andar di nuovo per mare.

Fui successivamente chirurgo su due navi e in sei anni feci parecchi viaggi alle Indie Occidentali e Orientali, con i quali rimpolpai un po' le mie fortune. Sempre ben provvisto di un buon numero di libri, passavo le ore di riposo leggendo i migliori autori antichi e moderni, osservando, quando ero a terra, i costumi e il carattere della gente e imparandone la lingua, con grande facilità grazie alla mia robusta memoria.

Ma l'ultimo di quei viaggi non risultò troppo proficuo, per cui ne ebbi abbastanza del mare e decisi di starmene a casa con mia moglie e la mia famiglia. Mi trasferii dall'Old Jury a Fetter Lane e da lì a Wapping, nella speranza di combinare buoni affari con i marinai; invece non ne cavai granché. Dopo tre anni di inutile attesa che le cose migliorassero, accettai una vantaggiosa offerta del capitano William Prichard, comandante della "Antelope", che faceva un viaggio nei mari del Sud. Salpammo da Bristol il 4 maggio del 1699 e all'inizio il nostro viaggio fu ottimo.

Non sarebbe opportuno, per diversi motivi, annoiare il lettore con i particolari delle nostre avventure in quei mari: basterà informarlo che, diretti alle Indie Orientali, venimmo spinti da una violenta tempesta a nord-est della terra di Van Diemen.

Da una rilevazione scoprimmo che eravamo a trenta gradi e due primi di latitudine sud. Dodici uomini della ciurma erano morti per la fatica eccessiva e il cibo guasto, e il resto era in uno stato di debolezza estrema. Il 5 novembre, che da quelle parti è l'inizio dell'estate, nonostante la grande foschia i marinai riuscirono ad avvistare uno scoglio a una mezza gomena dalla nave, ma il vento era così forte che vi venimmo spinti contro e ci schiantammo.

Calata in mare la scialuppa, in sei della ciurma ce la facemmo ad allontanarci dalla nave e dallo scoglio. Remammo per tre leghe, secondo i miei calcoli, ma non fummo capaci di prolungare oltre lo sforzo, perché già sulla nave eravamo rotti di fatica. Ci abbandonammo quindi alla mercé delle onde e mezz'ora dopo la scialuppa fu sopraffatta da un'improvvisa raffica dal nord. Cosa sia accaduto ai miei compagni della scialuppa e a quelli rifugiati sulla roccia o rimasti sul vascello non so dire, ma presumo siano morti tutti.

Quanto a me, nuotavo dove mi dirigeva la Fortuna, spinto dal vento e dalla marea. Ogni tanto lasciavo penzolare una gamba in giù, e non avvertivo mai sotto di me alcun fondale; invece, quando ero ormai quasi spacciato, incapace di lottare più a lungo, finalmente mi accorsi che toccavo fondo; e intanto la tempesta si era molto placata. Il declivio era però così impercettibile che camminai circa un miglio prima di raggiungere la riva, il che accadde, supposi, alle otto di sera. Mi spinsi all'interno per un mezzo miglio, senza tuttavia scoprire alcuna traccia di case o di abitanti, a meno che fossi in tale stato di debolezza da non notarli.

Ero estremamente stanco, e un po' per questo, un po' per il clima caldo e la mezza pinta di brandy che mi ero bevuto quando avevo abbandonato la nave, sentivo una gran voglia di dormire.

Mi buttai giù sull'erba, che era molto bassa e soffice, e dormii profondamente come non ricordo di aver mai fatto in vita mia, per nove ore, calcolai, poiché quando mi svegliai era già giorno.

Cercai di alzarmi, ma non fui capace di muovermi; coricato di schiena com'ero, mi ritrovavo braccia e gambe saldamente fissate a terra da ciascun lato; ed erano bloccati giù allo stesso modo anche i capelli, che avevo lunghi e folti. Provavo, inoltre, la sensazione che sul mio corpo si incrociassero parecchie legature sottili, dalle ascelle alle cosce. Potevo soltanto guardare in su: il sole incominciava a scottare e la luce mi feriva gli occhi.

Udivo attorno a me un rumore confuso, ma nella postura in cui giacevo non potevo vedere altro che il cielo. Un attimo dopo sentii muoversi sulla gamba sinistra un qualcosa di vivo, che poi avanzò leggero verso il petto e mi arrivò quasi al mento: allora, strabuzzando gli occhi in giù più che potei, mi resi conto che era una creatura umana, alta nemmeno sei pollici, con arco e frecce nelle mani e una faretra sulla schiena.

Nello stesso istante percepii che una quarantina, almeno, di creature della stessa specie, a quanto potei congetturare, seguiva quella prima.

Al colmo dello stupore urlai così forte che quegli esseri schizzarono tutti indietro terrorizzati, e alcuni, come mi raccontarono poi, nel saltare a terra dal mio fianco caddero e si ferirono. Comunque tornarono presto, e uno di loro, che si era avventurato tanto innanzi da poter avere la vista completa della mia faccia, alzando occhi e mani in espressione di assoluta meraviglia, con una vocetta acuta ma chiara strillò: "Hekinah degul". Gli altri ripeterono le stesse parole parecchie volte, ma io non capivo allora cosa significassero.

Per tutto quel tempo, il lettore mi può credere, stetti in grande disagio; alla fine, fortuna volle che a furia di dibattermi per tentare di sciogliermi riuscissi a rompere i lacci e a estirpare i cavicchi che mi fissavano il braccio sinistro a terra, sicché sollevandolo fino al mio viso scoprii il metodo che avevano usato per imbrigliarmi, e immediatamente, con un violento strattone che mi diede un dolore tremendo, sciolsi un po' dei lacci che mi bloccavano i capelli dal lato sinistro e riuscii a girare la testa di un paio di pollici. Ma quelle creature corsero via una seconda volta prima che potessi afferrarle.

Dopo di che ci fu un gran vociare, di tono acutissimo, e quando cessò udii uno di loro gridare forte: "Tolgo phonac".

In un istante mi sentii scaricare sulla mano sinistra un centinaio di frecce, pungenti come tanti aghi; contemporaneamente ne spararono un altro lancio in aria, come in Europa facciamo con le bombe, e molte di queste nuove frecce mi caddero sul corpo, suppongo, benché non le sentissi, e sulla faccia che m'affrettai a coprire con la mano sinistra. Quando tale pioggia terminò scoppiai in un gemito di dolore e di rabbia e quelli, poiché di nuovo mi dibattevo per liberarmi, mi scaricarono addosso un'altra raffica più abbondante della prima; alcuni di loro tentarono di conficcarmi delle lance nei fianchi, ma per buona sorte indossavo un farsetto di cuoio che non riuscirono a perforare.

Pensai che rimanere disteso fosse la tattica più prudente e progettai di restare così fino a notte, perché allora mi sarei potuto facilmente liberare con la mano sinistra già slegata. Quanto agli abitanti del luogo, avevo ragione di credermi in grado di tener testa anche alla loro più potente armata, se erano tutti della stessa misura di quelli che avevo visto. Ma la Fortuna dispose di me in altro modo.

Resisi conto che ero tranquillo, non mi scaricarono più frecce addosso; ma dal rumore che andava crescendo capii che erano aumentati di numero.

Per un'ora circa udii dalla parte del mio orecchio destro un battere come di gente al lavoro, a circa quattro iarde da me. E quando girai la testa da quel lato, per quanto i cavicchi e i lacci me lo permettevano, vidi un palco alto un piede e mezzo da terra, capace di sostenere quattro abitanti, con due o tre scale a pioli per montarci sopra: da lassù uno di loro, che sembrava essere un personaggio di qualità, mi fece un gran discorso di cui non compresi nemmeno una sillaba.

Dimenticavo di riferire che prima di iniziare la sua perorazione la persona importante aveva gridato tre volte: "Langro dehul san". (Queste parole e quelle già riferite mi furono ripetute e spiegate in seguito.) Erano allora immediatamente arrivati una cinquantina di indigeni e avevano tagliato i lacci che mi bloccavano il lato sinistro della testa, il che mi aveva dato la libertà di girarmi verso destra e di osservare la figura e i gesti di colui che mi parlava: dall'aspetto pareva di mezz'età, era più alto dei tre che lo accompagnavano, uno dei quali era un paggio che gli sosteneva lo strascico e sembrava appena più lungo del mio dito medio, mentre gli altri due l'affiancavano da entrambi i lati. Nella parte di oratore costui era perfetto: potevo cogliere molte frasi di minaccia e altre che promettevano pietà e cortesia.

Gli risposi con poche parole, nell'atteggiamento più sottomesso, alzando la mano sinistra e levando gli occhi al sole come per chiamarlo a testimone. Ma ero quasi morto di fame, non avevo mangiato neppure un boccone da molte ore prima di lasciar la nave, e sentivo in me i reclami della natura così prepotenti che non potei trattenermi dal mostrare la mia impazienza (forse al di là delle strette regole della decenza) ficcandomi frequentemente un dito in bocca, a indicare che volevo del cibo.

Lo *Hurgo* (così chiamavano un gran signore, come imparai in seguito) mi capì benissimo: scese dal palco e comandò che mi venissero appoggiate contro i fianchi diverse scale. Su di esse salirono un centinaio di indigeni e si incamminarono verso la mia bocca con cesti pieni di cibo, che il sovrano aveva fatto preparare e inviato fin lì appena aveva saputo di me.

Vedevo che era carne di differenti animali, ma dal sapore non riuscivo a individuare quali fossero. C'erano spalle, gambe e lombate di forma simile a quelle di montone e molto ben servite, ma più piccole di ali d'allodola. Ne mangiavo due o tre in un boccone, e di pagnotte, grosse quanto palle di moschetto, ne prendevo tre per volta. Quelli mi servivano più in fretta che potevano, mostrando infiniti segni di stupore e di sconcerto per la mia mole e il mio appetito.

Poi feci cenno che volevo bere, e da quanto avevo mangiato compresero che non mi sarebbe bastata una piccola quantità, quindi, essendo gente ingegnosissima, issarono con grande destrezza uno dei loro barilotti più grossi, lo rotolarono fino alla mia mano e fecero saltar via il coperchio: lo bevvi in un sorso. Lo potei ben fare perché conteneva appena mezza pinta di un liquido che aveva il gusto di un leggero vino di Borgogna, ma assai più delizioso. Mi portarono un secondo barilotto, che mi bevvi nel medesimo modo; feci cenno che me ne dessero ancora, ma non ne avevano più.

Quando ebbi terminato le mie portentose esibizioni, lanciarono grida di gioia e danzarono sul mio petto, ripetendo parecchie volte, come avevano fatto all'inizio, "Hekinah degul". Mi fecero cenno che dovevo gettare giù i due barilotti, ma prima, gridando forte "Borach mivola", misero in guardia la gente sotto, che si portasse fuori della traiettoria; e appena videro i recipienti per aria esplosero in un "Hekinah degul" strillando tutti insieme.

Confesso che mentre passeggiavano avanti e indietro sul mio corpo fui più volte tentato di afferrarne quaranta o cinquanta, appena mi arrivavano a tiro, e di scaraventarli a terra; ma il ricordo di quel che avevo patito, che probabilmente non era il peggio che mi potessero fare, e la parola d'onore data, perché proprio questo voleva significare il mio atteggiamento di sottomissione, cacciarono subito via tali fantasie.

Inoltre, mi consideravo ormai vincolato dalle leggi dell'ospitalità a quella gente che mi aveva trattato in modo così dispendioso e munifico. Dentro di me, in effetti, non facevo che meravigliarmi di quanto intrepidi fossero questi minuscoli mortali che, benché avessi una mano libera, si azzardavano a montare e a camminare sopra il mio corpo, senza tremare alla vista di una creatura tanto smisurata quale dovevo loro apparire.

Dopo un po' di tempo, quando constatarono che non domandavo altro cibo, mi si presentò davanti una persona d'alto rango, inviata da Sua Maestà Imperiale.

Montata sulla parte più sottile della mia gamba destra, Sua Eccellenza avanzò fino alla mia faccia con una dozzina di uomini del seguito e, tirate fuori le credenziali munite di sigillo reale, che mi sbandierò davanti agli occhi, parlò per una decina di minuti senza alcuna animosità, ma con una sorta di risoluta determinazione, facendo spesso cenni in direzione, come seppi poi, della capitale, distante un mezzo miglio, dove era stato stabilito da Sua Maestà, in Consiglio, che venissi condotto.

Gli risposi poche parole, del tutto inutili, e gesticolai con la mano libera: la portai sull'altra (passandola ben alta sopra la testa di Sua Eccellenza per paura di far male a lui o al suo seguito) e poi sulla testa

e sul corpo, a significare che desideravo la libertà. E sembrò che lui mi capisse proprio bene, perché scosse la testa a mo' di diniego e si afferrò le mani l'una con l'altra per mostrarmi che dovevo essere trasportato come prigioniero, per quanto con altri cenni mi lasciasse intendere che avrei avuto cibo e bevande a sufficienza e un ottimo trattamento.

A questo punto pensai di riprovare a spezzare i lacci; ma poi, avvertendo di nuovo il bruciore delle frecce sulla faccia e sulle mani, che erano tutta una vescica e con molti dardi ancora conficcati dentro, e notando, per di più, che il numero dei miei nemici andava crescendo, a gesti diedi garanzia che potevano fare di me quel che fosse loro piaciuto. Allora, lo *Hurgo* e il suo seguito si ritirarono, con molta cortesia e con espressione allegra.

Poco dopo, in un urlio generale, udii le parole "Peplom selan", ripetute più volte, e sentii che un gran numero di persone stava mollando le corde a sinistra, tanto che potei girarmi sul fianco destro per spander acqua: ne feci un'enorme quantità, con grande stupore della gente che, intuendo dalle mie mosse ciò che stavo per fare, da quel lato si era tirata subito indietro, a destra e a sinistra, per evitare il torrente che mi sgorgava impetuosamente fuori, con fracasso.

Ma prima di ciò mi avevano spalmato la faccia ed entrambe le mani d'una sorta di unguento dall'odore molto piacevole, che in pochi minuti mi tolse il bruciore delle frecce.

E queste ultime evenienze, sommate al ristoro che avevo ricevuto dal vitto e dalle bevande, che erano molto nutrienti, mi disposero al sonno. Dormii otto ore circa, come mi assicurarono in seguito: ma nessuno se ne meravigliò, poiché i medici, per ordine dell'Imperatore, avevano mischiato una pozione soporifera al vino dei barilotti.

Sembra che l'Imperatore fosse stato informato immediatamente per mezzo di un corriere, sin da quando ero stato scoperto addormentato per terra, subito dopo il mio approdo; e sembra che sin da quel primo momento avesse deliberato in Consiglio che dovessi essere legato nel modo da me riferito (operazione eseguita la notte stessa mentre dormivo), che mi venisse portata gran quantità di cibo e bevande, che fosse preparata una macchina per trasportarmi alla capitale.

Questa deliberazione può forse apparire troppo arrischiata e pericolosa, e son certo che non verrebbe imitata in Europa da alcun principe in una situazione simile, invece secondo me fu estremamente avveduta oltre che generosa. Perché, supponiamo che avessero cercato di ammazzarmi con lance e frecce mentre dormivo: sicuramente mi sarei svegliato alla prima sensazione di dolore, che avrebbe potuto stimolare in me una rabbia e una forza tali da rendermi capace di spezzare i lacci con cui ero legato, e dopo di ciò quella gente non sarebbe stata in grado di opporre resistenza, né si sarebbe dovuta aspettare alcuna pietà.

Questo popolo ha eccellentissimi matematici ed è arrivato a una grande perfezione nella meccanica, per l'appoggio e l'incoraggiamento dell'Imperatore, notoriamente protettore delle scienze. Il sovrano possiede molte macchine su ruote per il trasporto di alberi e altri carichi pesanti. Spesso fa costruire le sue più grosse navi da guerra, lunghe anche nove piedi, nei boschi dove crescono gli alti fusti e le fa trasportare su tali marchingegni per tre o quattrocento iarde, sino al mare.

Cinquecento carpentieri e meccanici furono immediatamente messi al lavoro per preparare il più grande marchingegno che mai avessero avuto. Era un'intelaiatura di legno alta da terra tre pollici, lunga sui sette piedi e larga quattro, si muoveva su ventidue ruote. Le grida che avevo inteso erano appunto per l'arrivo di tale marchingegno, messo insieme, sembra, in sole quattro ore, dopo il mio approdo.

Lo disposero accanto a me, parallelamente a come stavo disteso, ma la difficoltà principale fu poi come sollevarmi e piazzarmi sul veicolo.

Ottanta pali alti un piede vennero drizzati a tale scopo e robustissime corde della grandezza di una fune da imballo vennero assicurate con ganci ai tanti bendaggi che gli operai mi avevano passato attorno al collo, alle mani, al tronco e alle gambe. Novecento uomini dei più robusti vennero messi a tirare queste corde, mediante una quantità di pulegge legate ai pali e, finalmente, in meno di tre ore, fui sollevato, fiondato sul marchingegno e saldamente legato. Per tutto il tempo che l'operazione durò, io giacqui, mi dissero, in un sonno profondo, in forza della medicina soporifera infusa nella bevanda alcolica.

Per trasportarmi alla capitale, che come ho detto distava mezzo miglio, furono impiegati millecinquecento dei più possenti cavalli dell'Imperatore, alti ciascuno quattro pollici e mezzo.

Quattro ore dopo l'inizio del viaggio mi svegliai, per un ridicolissimo incidente. Il carro era stato fermato un momento per sistemare qualcosa andata fuori posto, e due o tre giovani nativi ebbero la curiosità di vedere com'ero mentre dormivo. Salirono sul marchingegno, avanzarono pian piano fino alla mia faccia, e uno di essi, un ufficiale della guardia, mi infilò ben dentro la narice sinistra la punta aguzza della sua mezza picca, che solleticò il naso come una paglia e mi fece starnutire violentemente; poi se la svignarono in fretta di soppiatto e solo tre settimane dopo conobbi la causa di quel mio risveglio repentino.

Continuammo la nostra lunga marcia per tutto il resto della giornata, e ci fermammo per la notte. Avevo cinquecento guardie per lato, metà con torce e metà con archi e frecce, pronte a colpirmi se gliene avessi offerto l'appiglio.

Il mattino successivo, all'alba, riprendemmo la marcia e a mezzogiorno arrivammo a duecento iarde dalle porte della città. L'Imperatore venne fuori per incontrarci, con tutta la Corte, ma gli alti ufficiali non vollero in alcun modo permettere che Sua Maestà mettesse a rischio la Sua Persona per salire sul mio corpo.

Nel posto dove il carro si era fermato si ergeva un antico tempio, ritenuto il più grande dell'intero reame, che però non veniva più considerato luogo sacro dal sentimento religioso di quella gente, essendo stato profanato alcuni anni prima da un disumano delitto, ed era stato perciò svuotato di tutti gli ornamenti e le suppellettili e adibito a usi correnti: in quell'edificio, appunto, era stato deciso che io alloggiassi.

La porta principale verso nord era alta quattro piedi, larga almeno due e vi potevo passare carponi. Da ciascun lato della porta c'era una piccola finestra a non più di sei pollici da terra. Alla finestrella sul lato sinistro i fabbri reali applicarono novantuno catene, simili a quelle cui le signore in Europa appendono gli orologi e altrettanto larghe, poi le fissarono alla mia gamba sinistra con trentasei lucchetti.

Dirimpetto al tempio, a venti piedi di distanza, dall'altra parte della strada maestra, c'era una torretta alta almeno cinque piedi. Lassù, a quanto mi fu detto perché io non li potevo vedere, salì l'Imperatore con molti dei massimi dignitari di Corte, per avere l'opportunità di osservarmi bene.

Si calcolò che più di centomila abitanti fossero usciti dalla città per lo stesso scopo; e credo che, a dispetto delle guardie, non siano stati meno di diecimila quelli che, a più riprese, si arrampicarono sul mio corpo con l'aiuto di scale. Ma fu subito proclamata una disposizione che proibiva ciò sotto pena di morte.

Appena certi che mi sarebbe stato impossibile spezzare le catene, gli operai tagliarono tutti i lacci che mi avvincevano e io mi tirai subito su, triste come mai mi ero sentito in vita mia. Ma le urla e lo stupore della gente quando vide che mi alzavo e camminavo sono indescrivibili.

Le catene assicurate alla mia gamba sinistra erano lunghe un paio di iarde e oltre a darmi la libertà di camminare avanti e indietro a semicerchio, essendo fissate all'interno, a cinque pollici dalla porta, mi permettevano di strisciare dentro il tempio e di coricarmici lungo, disteso.

Capitolo II

L'Imperatore di Lilliput viene a vedere l'Autore nel suo confino, accompagnato da gran parte della nobiltà – Descrizione della persona e dell'abito dell'Imperatore – Alcuni dotti hanno l'incarico di insegnare la lingua del posto all'Autore – Egli si guadagna benevolenza per il suo atteggiamento mite – Gli frugano le tasche e gli portano via spada e pistole

Quando mi ritrovai in piedi mi guardai in giro, e devo dichiarare che mai avevo osservato un panorama più piacevole. Il paese attorno a me pareva un ininterrotto giardino e i campi recintati, che erano in genere di quaranta piedi quadrati, sembravano tante aiuole fiorite. Questi campi erano intervallati da boschi di una mezza stanga e gli alberi più alti, a quanto potei giudicare, dovevano essere sui sette piedi. Alla mia sinistra scorsi la città, che somigliava a una di quelle dipinte sulle scene di teatro.

Da molte ore avvertivo necessità naturali sempre più impellenti; e non c'era da stupirsene, essendo due giorni almeno che non evacuavo. Tra l'urgenza e la vergogna ero in grande difficoltà. Il miglior espediente cui potei pensare fu di strisciare nella mia casa, e così feci: chiusa la porta dietro di me, andai lontano quanto la catena mi permetteva e sgravai il corpo dello scomodo peso.

Ma quella fu la sola volta che dovetti macchiarmi di un'azione così indecente, per cui oso sperare che il mio equanime lettore mi conceda venia, se considera con saggezza e imparzialità il mio caso e le angustie in cui mi trovavo. Da quella volta, divenne mia costante abitudine adempiere a questa necessità appena mi alzavo, all'aria aperta, tendendo al massimo la catena; e ogni mattina, prima che mi arrivasse compagnia, mi prendevo la dovuta cura che quella materia ripugnante venisse portata via su una carriola da due servi addetti a tale compito.

Non avrei tanto a lungo insistito su questo particolare, che forse a prima vista potrebbe sembrare di poca importanza, se non avessi ritenuto necessario difendere davanti al mondo la mia reputazione in fatto di pulizia, che, mi dicono, alcuni dei miei diffamatori si sono compiaciuti di mettere in dubbio in questa e in altre occasioni.

Quando tale vicissitudine ebbe fine, uscii di nuovo fuori casa in cerca d'aria fresca.

L'Imperatore era già sceso dalla torretta e avanzava a cavallo verso di me, il che fu sul punto di costargli molto caro: l'animale, che quantunque bene addestrato era del tutto nuovo a una tal vista, dovette avere l'impressione che una montagna gli si muovesse davanti e si impennò sulle zampe posteriori.

Ma quel principe, che è un eccellente cavaliere, si mantenne in sella fino a che i suoi attendenti accorsero e afferrarono le briglie, dando a Sua Maestà il tempo di smontare.

Quando fu a terra mi ispezionò tutt'intorno con grande meraviglia, mantenendosi al di là della massima estensione della mia catena. Ordinò ai cuochi e ai macellai, che erano lì pronti, di darmi vitto e bevande ed essi li spinsero avanti su certi veicoli a ruote, fin dove potevo arrivare a prenderli.

Acchiappai i veicoli e li svuotai in fretta; venti erano pieni di carne e dieci di bevande; ciascuno dei primi mi fornì due o tre buoni bocconi; quanto agli altri, versai il liquido di tutte e dieci le anfore di terracotta del primo carico nel veicolo che le trasportava, poi bevvi in un sol sorso, e così feci col resto.

L'Imperatrice e i giovani Principi di Sangue Reale di entrambi i sessi, con molte dame al seguito, sedevano sulle portantine a una certa distanza; ma dopo l'incidente che si verificò con il cavallo dell'Imperatore, scesero a terra e vennero vicini al sovrano, il cui aspetto tento ora di descrivere.

È più alto di tutti quelli della Corte almeno di quanto è larga una mia unghia, e questo solo basterebbe a incutere un timore reverenziale in chi gli sta davanti. I suoi tratti sono forti e mascolini, ha labbra come quelle dei sovrani austriaci, naso arcuato, carnagione olivastra, portamento eretto, figura e membra ben proporzionate, movimenti aggraziati, contegno regale. A quel tempo era già oltre la prima età, aveva ventotto anni e tre quarti, e da sette regnava felicemente e di solito vittoriosamente.

Per osservarlo con più comodo mi ero steso sul fianco, di modo che la mia faccia si trovasse di fronte a lui, che si manteneva tre iarde più in là: in ogni caso, dopo di allora lo tenni tante volte nella mia mano che non posso sbagliare nel descriverlo.

Il suo vestito era molto semplice e lineare, di foggia tra l'asiatico e l'europeo; ma in testa aveva uno splendente elmetto d'oro, adorno di gioielli, con una piuma in cima. Brandiva in mano la spada snudata, per difendersi se fossi giunto a liberarmi: era lunga tre pollici, elsa e fodero erano d'oro impreziosito da diamanti. La sua voce era acuta, ma molto chiara e articolata, la potevo udire distintamente anche stando in piedi.

Dame e cortigiani erano tutti vestiti con magnificenza, sicché il terreno su cui si posavano pareva una gonnella distesa per terra, ricamata a figurine d'oro e d'argento.

Sua Maestà Imperiale mi parlò a più riprese e io gli risposi sempre, ma nessuno dei due poté capire una sillaba. Erano presenti parecchi preti e avvocati (come congetturai dai loro abiti) che ricevettero l'ordine di rivolgermi la parola, e io provai a parlare con loro in tutte le lingue di cui avevo una sia pur piccola infarinatura, cioè alto e basso olandese, latino, francese, spagnolo, italiano e lingua franca, ma senza alcun risultato.

Dopo un paio d'ore la Corte si ritirò e fui lasciato con un robusto corpo di guardia per prevenire l'impertinenza e, magari, la malvagità della folla, che era assai impaziente di accalcarsi attorno a me, tanto da presso quanto glielo permetteva il proprio coraggio; alcuni ebbero l'impudenza di tirarmi frecce mentre sedevo per terra accanto alla porta della casa, tanto che una mi mancò l'occhio sinistro solo per un pelo. Il colonnello però fece pigliare sei dei più facinorosi e pensò non ci fosse pena più appropriata che mettermeli in mano legati, cosa che alcuni soldati puntualmente eseguirono, spingendoli fino a me con l'estremità posteriore delle picche.

Li presi tutti insieme con la destra, ne ficcai cinque nella tasca della giacca e quanto al sesto feci una faccia come se volessi mangiarmelo vivo.

Il poveruomo urlava terribilmente e il colonnello e gli ufficiali erano in gran pena, specialmente quando mi videro estrarre il temperino: ma li cavai subito dal terrore, perché, ripresa un'aria mite e tagliate immediatamente le stringhe che lo legavano, lo posai gentilmente a terra ed egli corse via.

Stesso trattamento per gli altri, dopo che li ebbi tirati fuori dalla tasca a uno a uno. E potei notare quanto sia i soldati che il popolo mi fossero grati per questa prova di clemenza, che fu poi riferita a Corte con mio grande vantaggio.

A notte, con una certa difficoltà, mi ritirai nella mia casa, dove mi misi a giacere per terra; e così feci per una quindicina di giorni. Nel frattempo l'Imperatore diede ordine che mi procurassero un giaciglio.

Con dei carri portarono seicento giacigli della misura normale per loro e li sistemarono dentro casa. Unendone insieme centocinquanta arrivarono alla giusta lunghezza e larghezza e ammucchiarono il resto in quattro strati uguali, uno sull'altro; ma io non trovai che il risultato fosse granché diverso dal duro pavimento di pietra levigata. Basandosi sullo stesso calcolo mi rifornirono anche di lenzuola, coperte e sovraccoperte, più che tollerabili per uno come me che troppo a lungo si era dovuto assuefare ai disagi.

La notizia del mio arrivo, non appena si sparse nel reame, indusse un numero prodigioso di gente ricca, sfaccendata e curiosa a venirmi a vedere; tanto che i villaggi si erano quasi svuotati, e ne sarebbe seguita una grave incuria dell'agricoltura e delle faccende domestiche se Sua Maestà Imperiale non avesse preso provvedimenti contro questo inconveniente con diversi proclami e ordini di Stato. Decretò che dovessero ritornare a casa tutti coloro che già mi avevano veduto, e che nessuno avesse l'ardire di avventurarsi a meno di cinquanta iarde dalla mia casa senza un permesso rilasciato dalla Corte: ragion per cui la Segreteria di Stato ebbe considerevoli entrate.

Intanto l'Imperatore teneva Consiglio di frequente per decidere che comportamento si dovesse tenere con me; e un mio personale amico, uomo di gran qualità che più d'ogni altro era nelle segrete cose, successivamente mi assicurò che la Corte fu, riguardo a me, più volte in

difficoltà. Temevano che mi liberassi, che la mia alimentazione diventasse troppo costosa, che potesse causare una carestia.

Più di una volta avevano deciso di lasciarmi morire di fame o magari di spararmi in faccia e sulle mani delle frecce avvelenate che mi spacciassero in fretta, ma poi consideravano che il fetore di una così grande carcassa avrebbe potuto produrre nella capitale un'epidemia, che probabilmente si sarebbe espansa nell'intero reame.

Nella confusione di una di queste consultazioni, si presentarono alla porta della grande aula consiliare parecchi ufficiali dell'esercito, e i due che vennero ammessi diedero un resoconto del mio comportamento verso i sei summenzionati criminali che suscitò, nell'animo di Sua Maestà e dell'intero Consiglio, una così favorevole impressione che fu istituita una commissione imperiale per obbligare i villaggi nel raggio di novecento iarde dalla capitale a destinare ogni giorno al mio sostentamento sei buoi, quaranta pecore e altre vettovaglie, oltre a un proporzionato quantitativo di pane, vino e altre bevande. E per il pagamento di tutto ciò Sua Maestà dava assegni garantiti dal suo personale tesoro: questo principe vive, infatti, essenzialmente dei suoi domini privati e solo eccezionalmente, in speciali occasioni, raccoglie finanziamenti dai sudditi, che sono invece obbligati a servirlo in guerra a proprie spese.

Fu inoltre costituito un corpo di seicento uomini, il mio personale domestico, che avrebbe usufruito di un fondo spese per il proprio mantenimento e di tende molto decorose issate ai lati della mia porta. Fu altresì ordinato che trecento sarti mi cucissero un completo secondo le fogge del paese, che sei dei più grandi sapienti di Sua Maestà avessero l'incarico di istruirmi nella loro lingua e, per ultimo, che i cavalli dell'Imperatore, della nobiltà e delle truppe di guardia venissero addestrati in mia presenza, perché si abituassero a me.

Tutti questi ordini furono debitamente posti in esecuzione e in tre settimane io feci grandi progressi nell'apprendere la loro lingua; durante questo periodo l'Imperatore mi onorò di frequenti visite e si compiacque di coadiuvare i miei maestri nella mia istruzione. Giungemmo in qualche modo a conversare, e le prime parole che imparai furono quelle per esprimergli la richiesta che si compiacesse di darmi la libertà: glielo ripetevo ogni giorno in ginocchio.

La sua risposta, come potevo comprendere, era che ci voleva del tempo, che non ci si poteva nemmeno pensare senza un parere favorevole del Consiglio e che prima di tutto io dovevo "lumos kelmin pesso desmar lon emposo", cioè giurare pace a lui e al suo reame. Tuttavia, sarei stato trattato con ogni cortesia; mi suggeriva di conquistarmi la stima sua e dei suoi sudditi con la pazienza e con un comportamento riservato; e voleva che non me la prendessi a male se dava ordine agli appositi funzionari di perquisirmi, perché probabilmente portavo su di me delle armi che dovevano essere aggeggi molto pericolosi, se erano proporzionati alla mole di una persona così smisurata.

Io dissi che Sua Maestà sarebbe stato subito soddisfatto, perché ero pronto a spogliarmi e a rivoltare le mie tasche davanti a lui: il che espressi parte a parole parte a gesti. Egli però ribadì che, secondo le leggi del suo regno, dovevo essere perquisito da due funzionari, ma che era tuttavia consapevole che ciò non si poteva fare senza il mio consenso e la mia collaborazione; disse che aveva una così alta opinione della mia generosità e della mia rettitudine da mettere quelle persone nelle mie mani; e che qualsiasi cosa mi avessero sequestrato mi sarebbe stata restituita quando avessi lasciato il paese, o pagata secondo il valore da me stabilito.

Presi in mano i due funzionari e per prima cosa li misi nella tasca della giacca, poi in tutte le tasche che avevo, eccetto due taschini e un'altra tasca segreta che non intendevo farmi perquisire, perché contenevano alcune cosette d'uso personale, che non avevano importanza per nessuno tranne che per me. In uno dei due taschini c'era un orologio d'argento e nell'altro una borsa con una piccola quantità d'oro.

Quei signori, che avevano con sé penna, inchiostro e carta, fecero un esatto inventario di tutto quello che avevano visto; e quando ebbero finito mi chiesero se volevo rimetterli giù, perché dovevano consegnarlo all'Imperatore.

Più tardi io tradussi in inglese questo inventario ed eccolo qui sotto, parola per parola.

In primis. Nella tasca destra della giacca del grande uomo-montagna (così interpreto le parole "Quinbus Flestrin") dopo la più rigorosa ricerca trovammo solo un grande pezzo di stoffa ruvida, larga abbastanza da poter fare da zerbino nella principale sala di rappresentanza di Vostra Maestà. Nella tasca sinistra abbiamo visto un enorme scrigno d'argento, con un coperchio dello stesso metallo che noi perquisenti non riuscimmo a sollevare. Chiedemmo che venisse aperto, e uno di noi ci entrò e sprofondò a mezza gamba in una sorta di polvere, parte della quale, volataci in faccia, ci fece starnutire entrambi più volte di seguito.

Nella tasca destra del panciotto trovammo uno straordinario fascio di materiali bianchi, sottili, piegati uno sull'altro, della grandezza di tre uomini, legati con una solida fune e vergati di segni neri, che noi umilmente abbiamo supposto essere una scrittura, con lettere grandi la metà del palmo di una mano.

Nella tasca sinistra c'era una sorta di marchingegno, sul retro del quale sporgevano venti lunghi pali, simili alla palizzata davanti alla Corte di Vostra Maestà; abbiamo dedotto che con simile affare l'uomo-montagna si pettini la testa, perché non abbiamo voluto importunarlo con domande, dal momento che ci siamo accorti che è molto difficile farci capire da lui.

Nella grande tasca della parte destra del suo copri-per-metà (così traduco la parola "ranfu-lo", con cui essi indicavano le mie brache) abbiamo visto un pilastro cavo di ferro, alto quanto un uomo, legato a un grosso pezzo di legno, più largo del pilastro; e su di un lato del pilastro c'erano enormi pezzi di ferro sporgenti, tagliati in forme strane, che non sappiamo a cosa servano. Nella tasca sinistra un altro marchingegno dello stesso tipo.

Nella tasca più piccola dal lato destro c'erano parecchi pezzi tondi di metallo bianco e rosso, di differente grossezza; alcuni di quelli bianchi, che parevano essere d'argento, erano così larghi e pesanti che il mio compagno e io insieme potevamo a stento sollevarli.

Nella tasca sinistra c'erano due pilastri neri di forma irregolare. Dal fondo della tasca dove stavamo raggiungemmo con difficoltà la loro cima: uno di questi pilastri era coperto e sembrava tutto di un pezzo, ma sopra l'altro c'era un oggetto tondo, grande due volte la nostra testa. Dentro ciascuno di essi era racchiusa un'enorme lamina di acciaio; ordinammo di mostrarcele perché percepimmo che poteva trattarsi di meccanismi pericolosi.

Colui le tirò fuori dalle custodie e ci disse che nel suo paese usavano radersi la barba con uno di quegli aggeggi e tagliare la carne con l'altro.

C'erano altre due tasche nelle quali non siamo riusciti a entrare: lui li ha chiamati i suoi taschini. Erano due larghe aperture tagliate nella parte alta del suo copri-per-metà, tenute chiuse dalla pressione della pancia.

Dal taschino di destra pendeva una catena d'argento con in fondo uno strabiliante genere di meccanismo. Gli ordinammo di estrarre la cosa appesa alla fine della catena qualunque essa fosse, e constatammo che era un globo per metà d'argento e per metà di una sorta di metallo trasparente: tanto che nella parte trasparente vedemmo certi strani segni disposti in cerchio, e pensammo di poterli toccare fino a che, invece, non avvertimmo che le nostre dita erano fermate da quella sostanza traslucida.

Colui ci avvicinò all'orecchio il meccanismo, che emetteva un rumore incessante, simile a quello di un mulino ad acqua. Reputiamo che si tratti di un animale sconosciuto oppure di un dio che lui adora: ma siamo maggiormente propensi alla seconda opinione, avendoci egli stesso assicurato (se abbiamo capito bene, perché si esprime molto male) che raramente fa qualcosa senza consultarlo. L'ha chiamato il suo oracolo e ha detto che gli scandisce il tempo per ogni azione della vita.

Dal taschino di sinistra ha tratto fuori una rete, grande quasi abbastanza per un pescatore ma escogitata per aprirsi e chiudersi come una borsa, e infatti gli serviva proprio per quest'uso: ci vedemmo dentro parecchi massicci pezzi di un metallo giallo, che se fossero di oro vero, dovrebbero essere di immenso valore.

Dopo aver dunque perquisito diligentemente le sue tasche, in ottemperanza ai comandi di Vostra Maestà, abbiamo notato attorno alla sua vita una fascia, fatta con pelle di misteriosi animali, da cui a sinistra pendeva un pugnale lungo quanto cinque uomini e a destra una sacca o borsa divisa in due celle, ciascuna cella capace di contenere tre sudditi di Vostra Maestà. In una di queste celle c'erano dei globi o palle di un metallo pesantissimo, grandi come le nostre teste, che richiedono una mano robusta per essere sollevate; l'altra cella conteneva un mucchio di grani neri, di volume e peso non eccessivi, talché ne potemmo sollevare una cinquantina nelle palme delle mani.

Questo è l'esatto inventario di quanto abbiamo trovato sul corpo dell'uomo-montagna, che ha usato verso di noi grande civiltà e tutto il rispetto dovuto ai commissari di Vostra Maestà. Scritto e firmato il quarto giorno dell'ottantanovesima luna del fausto regno di Vostra Maestà.

Clefven Frelock, Marsi Frelock

Quando questo inventario fu letto davanti all'Imperatore, egli mi invitò a consegnargli diversi oggetti.

Per prima cosa volle la sciabola e, intanto che la staccavo con tutto il fodero, diede l'ordine che tremila uomini delle truppe scelte addette al servizio della sua persona mi sorvegliassero a distanza con archi e frecce, pronti al tiro; ma io non me ne resi conto perché tenevo lo sguardo fisso su Sua Maestà. Poi mi chiese di estrarre la sciabola, che nonostante avesse un po' di ruggine per l'acqua di mare, in molte parti era straordinariamente brillante.

Io la snudai, e immediatamente le truppe proruppero in un grido, tra il terrore e la sorpresa, poiché quando facevo ondeggiare con la mano avanti e indietro la sciabola il riflesso del sole, che splendeva luminoso, li abbagliava.

Sua Maestà, che è il principe più magnanimo, fu meno intimorito di quanto mi potessi aspettare; mi ordinò di riporla nel fodero, di coricarla per terra e spingerla, il più dolcemente possibile, fino a sei piedi circa oltre la fine della mia catena.

La seconda cosa che chiese fu uno dei pilastri di ferro vuoti dentro, termini con cui intendeva le mie pistole da tasca. Tirai fuori la pistola e a sua richiesta gliene spiegai l'uso meglio che potei; la caricai con la sola polvere, che grazie alla tenuta stagna della mia borsa ero riuscito a non far impregnare d'acqua di mare (inconveniente contro

...vidi un palco alto un piede e mezzo da terra,
capace di sostenere quattro abitanti, con due o tre scale a pioli
per montarci sopra: da lassù uno di loro, che sembrava essere
un personaggio di qualità, mi fece un gran discorso...

p. 15

cui tutti i marinai prudenti prendono i dovuti provvedimenti); misi in guardia l'Imperatore perché non si spaventasse, quindi sparai in aria. E lo stupore fu maggiore di quando avevano visto la sciabola. Caddero giù a centinaia come se fossero stati colpiti a morte; e persino l'Imperatore, che pure resistette ben fermo sui due piedi, ci mise un po' a riprendersi.

Come avevo fatto con la sciabola, consegnai le due pistole e poi la borsa della polvere e le palle, chiedendo di tenere la polvere lontana dal fuoco, altrimenti alla minima scintilla si sarebbe incendiata e avrebbe fatto volare per aria il palazzo imperiale. Consegnai altresì il mio orologio, che l'Imperatore era molto curioso di vedere, ed egli comandò a due guardie tra le più alte del corpo reale di portarlo sulle spalle con l'aiuto di un'asta, come fanno in Inghilterra i carrettieri con i barili di birra. Era stupito dell'ininterrotto rumore che faceva e del movimento della lancetta dei minuti, che poteva discernere facilmente perché la loro vista è molto più acuta della nostra, e chiese su ciò i pareri dei sapienti che, come il lettore può ben immaginare senza che glieli ripeta, furono molti e discordanti, benché in verità io non riuscissi a comprenderli perfettamente.

Depositai anche le monete d'argento e di rame, la borsa con nove grossi pezzi d'oro e altri più piccoli; il coltello, il rasoio, il pettine, la tabacchiera d'argento, il fazzoletto e il diario. La sciabola, le pistole e la borsa vennero trasportate con dei carri ai magazzini reali, ma il resto dei miei beni mi fu restituito.

Come ho raccontato prima, avevo una tasca segreta che era sfuggita alla perquisizione: dentro c'erano un paio di occhiali (che talvolta uso per la debolezza della mia vista), un telescopio tascabile e altri piccoli utensili che non mi ritenevo obbligato sul mio onore a svelare, non essendo di alcuna importanza per l'Imperatore, mentre prevedevo che sarebbero andati perduti o rovinati se mi fossi arrischiato a darli in mano altrui.

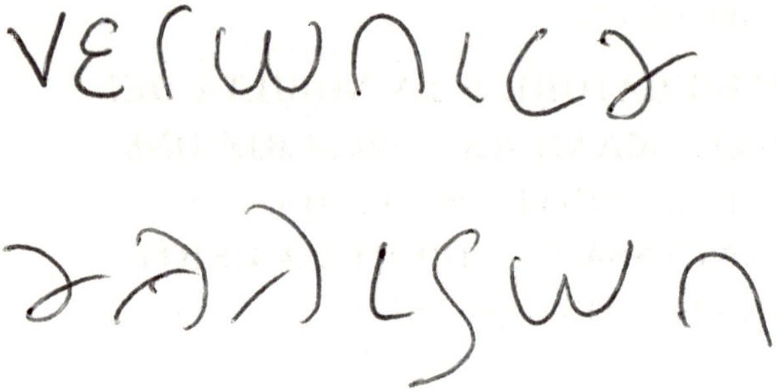

Capitolo III

L'Autore diverte l'Imperatore e la nobiltà dei due sessi in un'insolita maniera – Descrizione dei passatempi della Corte di Lilliput – All'Autore viene concessa la libertà a certe determinate condizioni

La mia cortesia e il mio buon comportamento avevano così ben disposto l'Imperatore, la Corte e in verità anche l'esercito e il popolo in generale, che cominciai a nutrire speranze di ottenere in breve tempo la libertà. Per coltivare tale benevolenza tentai tutti i metodi possibili.

I nativi cominciarono a essere gradualmente meno timorosi di pericoli da parte mia. A volte mi mettevo disteso e permettevo che cinque o sei di loro danzassero sulla mia mano. E alla fine ragazzi e ragazze vollero avventurarsi a giocare a nascondino tra i miei capelli.

Avevo ormai fatto buoni progressi nel capire e nel parlare la loro lingua.

Un giorno l'Imperatore ebbe l'idea di intrattenermi con diversi spettacoli tradizionali, nei quali, come ho potuto constatare, surclassano tutti gli altri paesi per destrezza e magnificenza. Mi divertii soprattutto a quello dei danzatori sulla fune, eseguito a dodici pollici da terra sopra un sottile filo bianco lungo due piedi.

Su questo, appunto, vorrei chiedere al lettore la libertà di dilungarmi un po'.

Tale passatempo è praticato soltanto dalle persone che sono candidate ad alti incarichi, ad alti favori, alla Corte. Costoro vengono addestrati in quest'arte fin dalla giovinezza, e non sempre sono di nascita nobile o di educazione liberale. Quando un alto ufficio è vacante, per morte o per una caduta in disgrazia (il che accade spesso) cinque o sei candidati avanzano petizione all'Imperatore per intrattenere Sua

Maestà e la Corte con una danza sulla fune, e chi salta più in alto senza cadere succede nell'ufficio. Ma molto spesso gli stessi primi ministri hanno l'ordine di mostrare la loro perizia e di convincere l'Imperatore che non hanno perduto capacità.

Flimnap, il tesoriere, è in grado di eseguire sulla corda tesa capriole più alte di almeno un pollice rispetto a ogni altro signore dell'impero. L'ho visto fare il salto mortale più volte di seguito su una tavoletta fissata a una corda non più grande del comune spago da pacchi inglese.

Il mio amico Redresal, primo segretario per gli affari privati, è a mio giudizio, se non sono troppo parziale, il secondo dopo il tesoriere; tutti gli altri funzionari di alto grado sono, per lo più, alla pari.

Questo passatempo è spesso funestato da incidenti fatali, se ne registrano in gran numero. Io stesso ho visto due o tre candidati spezzarsi un arto. Ma il rischio è molto maggiore quando viene ordinato ai ministri di mostrare la loro destrezza: perché gareggiando per superare se stessi e i loro compagni azzardano a tal punto che è difficile non capiti loro una caduta, alcuni ne fanno due o tre. Mi hanno assicurato che uno o due anni prima del mio arrivo, Flimnap si sarebbe senza dubbio rotto il collo se uno dei cuscini del sovrano, che per caso si trovava lì per terra, non avesse attenuato la violenza della caduta.

C'è anche un altro divertimento, che viene esibito di fronte all'Imperatore, all'Imperatrice e al primo ministro solo in particolari occasioni.

L'Imperatore fa stendere su una tavola tre fili di fine seta di sei pollici di lunghezza. Uno è blu, l'altro rosso e il terzo è verde. Questi fili sono posti in palio tra le persone che l'Imperatore ha in mente di insignire di particolari favori.

La cerimonia ha luogo nella

grande Sala di Stato di Sua Maestà, dove i candidati devono sottoporsi a una prova di destrezza molto diversa dalla precedente, e io mai ne ho viste di, sia pure minimamente, simili in nessun'altra Corte nel vecchio né nel nuovo mondo.

L'Imperatore regge tra le mani un bastone, tenendolo esattamente orizzontale, e i candidati avanzando a uno a uno ci saltano sopra ripetutamente, avanti e indietro, o vi strisciano sotto, a seconda che il bastone venga alzato o abbassato.

A volte l'Imperatore regge il bastoncino da un'estremità e il primo ministro dall'altra, a volte il ministro lo regge da solo. In ogni caso, colui che esegue l'esercizio con maggiore agilità e resiste a saltare e strisciare più a lungo riceve in premio il filo di seta blu, il secondo riceve il rosso e il terzo il verde, e se li rigirano in vita: e trovereste ben pochi dei grandi personaggi di Corte che non si fregino di una di tali cinte.

I cavalli dell'esercito e delle scuderie reali, che erano stati condotti da me ogni giorno, non recalcitravano più, anzi mi arrivavano fin contro i piedi senza inalberarsi. Ai cavallerizzi piaceva farli saltare sopra la mia mano, quando l'appoggiavo per terra. E uno dei capocaccia dell'Imperatore, montando un robusto cavallo da corsa, superò il mio piede, con tutta la scarpa, e fu un salto davvero prodigioso.

Un giorno ebbi la fortuna di divertire l'Imperatore in un modo del tutto straordinario.

Gli chiesi di far portare dei bastoni di due piedi d'altezza e dello spessore di una normale canna e Sua Maestà comandò al maestro dei boschi di dare ordini in proposito; il mattino successivo arrivarono sei boscaioli con altrettanti carri trascinati ciascuno da otto cavalli. Presi nove bastoni e li fissai saldamente nel terreno a formare una figura quadrangolare di due piedi quadrati e mezzo; ne presi altri quattro e li assicurai orizzontalmente a ciascun angolo, a un paio di piedi da terra; poi legai il mio fazzoletto ai nove bastoni che stavano dritti e lo tirai da ogni lato finché fu teso come la superficie di un tamburo; i quattro bastoni orizzontali, che erano cinque pollici più in alto del fazzoletto, servivano da sponda da ogni lato.

Quando ebbi finito il mio lavoro chiesi all'Imperatore se voleva far venire un drappello della sua migliore cavalleria, ventiquattro uomini, perché si esercitassero su quella piattaforma. Sua Maestà accettò la proposta e io li misi su uno per uno, con armi e cavalli, più gli ufficiali che li addestravano. Appena ricomposti i ranghi si divisero in due squadre e inscenarono finte scaramucce, scoccarono frecce smussate, snudarono le spade, simularono fughe e inseguimenti, attacchi e ritirate; in breve, mostrarono la miglior disciplina militare che io avessi mai visto. I bastoni orizzontali evitarono che cavallerizzi e cavalli cadessero dal palcoscenico.

L'Imperatore ne fu così deliziato che ordinò di ripetere il gioco per parecchi giorni, e una volta si compiacque di farsi issare per impartire i comandi. Riuscì persino, con grande difficoltà, a persuadere la stessa Imperatrice a lasciarsi issare da me, con tutta la portantina, a due iarde dalla scena per avere una visione panoramica dello spettacolo.

Per mia fortuna durante questi giochi non accaddero disgrazie, solo una volta un cavallo focoso che apparteneva a uno dei capitani, scalpitando fece con lo zoccolo un buco nel fazzoletto e mancatogli il piede cascò insieme al suo cavaliere, ma venni in aiuto io; tappato il buco con la mano, misi a terra loro e tutti gli altri del drappello allo stesso modo in cui li avevo issati su. Il cavallo caduto aveva uno stiramento alla spalla sinistra, ma il cavallerizzo non si era fatto nulla; io riparai alla meglio il fazzoletto, tuttavia non volli fidarmi più della sua resistenza in imprese tanto pericolose.

Due o tre giorni prima che mi mettessero in libertà, mentre intrattenevo la Corte con quel genere di prodezze arrivò un corriere espresso a informare Sua Maestà che alcuni suoi sudditi, cavalcando vicino al posto dove ero stato catturato, avevano visto un grande oggetto nero giacente al suolo, di forma molto strana: si estendeva ai bordi in un cerchio largo quanto la stanza da letto di Sua Maestà e nella parte centrale era alto quanto un uomo. Non era una creatura vivente come sulle prime avevano supposto, dato che giaceva sull'erba del tutto immobile.

Alcuni di loro ci avevano camminato intorno più volte, poi montando uno sulle spalle dell'altro erano riusciti a salire sulla cima, piatta e uniforme, e battendoci i piedi sopra avevano scoperto che l'oggetto all'interno era vuoto. Umilmente avevano dedotto che fosse qualcosa appartenente all'uomo-montagna e, col beneplacito di Sua Maestà, si impegnavano a trasportarlo, con appena cinque cavalli.

Io compresi subito di che parlavano e in cuor mio fui felice di ricevere tale notizia.

Evidentemente il cappello, che avevo legato alla testa con una stringa quando remavo e lì era rimasto anche mentre nuotavo, era caduto sulla terraferma prima che arrivassi al posto dove mi ero messo a dormire; doveva essersi rotta la stringa per qualche accidente di cui non mi ero accorto, immagino, perché appena raggiunta la riva dopo il naufragio ero in stato di confusione, e in seguito avevo pensato di averlo perso in mare. Indussi dunque Sua Maestà Imperiale a dare ordine che l'oggetto mi fosse portato il più presto possibile, spiegandogliene uso e natura.

Il giorno successivo arrivarono i carrettieri con il cappello, che però era in condizioni non troppo buone. Avevano praticato due buchi nella tesa, a un pollice e mezzo dall'orlo, nei buchi avevano conficcato due ganci, i ganci erano stati attaccati ai finimenti con una lunga corda e così il mio cappello era stato trascinato per un buon mezzo miglio inglese. Ma essendo il terreno in quel paese estremamente livellato e uniforme, riportò meno danni di quanto mi aspettavo.

Due giorni dopo questo avvenimento, l'Imperatore ordinò l'allerta a quella parte dell'esercito che stava acquartierata dentro e intorno alla capitale: gli era venuto il ghiribizzo di divertirsi in un modo molto singolare.

Mi chiese di mettermi ritto in piedi, le gambe aperte il più possibile come un Colosso, poi comandò al generale (vecchio ed esperto comandante e mio grande protettore) di disporre le truppe in ordine serrato e farle marciare sotto di me, la fanteria in fila per venticinque, la cavalleria per sedici, al suono dei tamburi, con le bandiere sventolanti e le picche puntate: era un contingente di tremila fanti e mille cavalli.

Sua maestà ordinò, sotto pena di morte, che ogni soldato durante la marcia osservasse la più rigorosa creanza verso la mia persona; il che, tuttavia, non poté evitare che alcuni giovani ufficiali passando sotto di me gettassero qualche occhiata all'insù e, devo dire la verità, le mie brache a quel tempo erano in sì penosa condizione che fornirono occasione di stupore e di risate.

Avevo inviato tanti memoriali e petizioni per la mia liberazione che, alla lunga, Sua Maestà portò l'argomento dapprima in una riunione di gabinetto e poi in Consiglio, in seduta plenaria, dove nessuno sollevò opposizione, tranne il ministro Skyresh Bolgolam, che si compiaceva di essere mio mortale nemico senza che l'avessi in alcun modo provocato. Ma ebbe il voto contrario dell'intera assemblea, ratificato dall'Imperatore.

Questo ministro era Galbet, ossia ammiraglio del regno, godeva la piena fiducia del suo signore ed era persona molto abile nello svolgimento delle sue mansioni, però di carattere tetro e astioso. Alla fine si lasciò persuadere a conformarsi, ma pretese e ottenne di essere lui stesso a redigere le clausole delle condizioni per il mio rilascio, sulle quali dovevo prestare giuramento.

Tali clausole mi furono portate da Skyresh Bolgolam in persona, accompagnato da due sottosegretari e da molti distinti personaggi. Dopo che mi furono lette, mi fu chiesto di giurare che le avrei osservate. Dapprima giurai al modo del mio paese, poi secondo il metodo prescritto dalle loro leggi, che imponeva di tenere il piede destro nella mano sinistra, piazzare il dito medio della mano destra sulla sommità del capo e il pollice sulla punta dell'orecchio destro.

Ma siccome il lettore sarà forse curioso di avere un'idea dello stile e del peculiare modo di esprimersi di quel popolo, e anche di conoscere le clausole in virtù delle quali riottenni la mia libertà, ho redatto una traduzione dell'intero documento, la più fedele possibile, parola per parola, che qui offro al pubblico.

GOLBASTO MOMAREN EVLAME GURDILO SHEFIN MULLY ULLY GUE, potentissimo Imperatore di Lilliput, delizia e terrore dell'universo, i cui domini si estendono per cinquemila blustrugs (circa dodici miglia di territorio) fino all'estremità del globo, monarca di tutti i monarchi, il più alto dei figli degli uomini, i cui piedi calcano il centro del mondo e la cui testa batte contro il sole, al cui cenno i principi della terra piegano il ginocchio, dolce come la primavera, rassicurante come l'estate, fruttifero come l'autunno, terribile come l'inverno, Sua Sublime Maestà propone all'uomo-montagna, approdato da poco ai suoi celesti domini, i seguenti articoli che egli con solenne giuramento si obbligherà a rispettare:

PRIMO – L'uomo-montagna non se ne andrà dai nostri domini senza una nostra licenza convalidata dal gran sigillo.

SECONDO – Non si azzarderà a entrare nella nostra capitale senza un ordine espresso e in tal caso gli abitanti avranno due ore di preavviso per mettersi a riparo nelle case.

TERZO – Il suddetto uomo-montagna limiterà i suoi percorsi alle strade maestre e non si permetterà di camminare o distendersi nei prati o nei campi di grano.

QUARTO – Camminando nelle sopraddette strade, egli avrà la massima cura di non calpestare il corpo di nessuno dei nostri amati sudditi, né i cavalli o i carri, e non prenderà in mano alcuno senza il suo preciso consenso.

QUINTO – Se sarà necessario inviare un dispaccio con la massima urgenza, l'uomo-montagna avrà l'obbligo di trasportare nella propria tasca messaggero e cavallo, per un viaggio di sei giorni ogni luna, e di riportare sano e salvo il suddetto messaggero alla presenza dell'Imperatore, se così gli sarà richiesto.

SESTO – Sarà nostro alleato contro i nemici dell'isola di Blefuscu e farà del suo meglio per distruggere la loro flotta, che si sta ora preparando a invaderci.

SETTIMO – Il suddetto uomo-montagna dovrà, nel tempo libero, prestare sussidio e assistenza ai nostri lavoratori, aiutandoli a sollevare i grandi massi fino alla sommità dei muri dei principali parchi e di altri edifici reali.

OTTAVO – Il suddetto uomo-montagna dovrà, in due lune, redigere un'esatta ricognizione dei confini dei nostri domini, mediante il computo dei suoi stessi passi attorno alla costa.

INFINE – Previo il solenne giuramento di osservare gli articoli di cui sopra, il suddetto uomo-montagna godrà di una razione giornaliera di cibo e bevande sufficiente al sostentamento di 1728 dei nostri sudditi, più il libero accesso alla nostra Reale Persona e altri segni del nostro favore.

Emanato nel nostro palazzo di Belfaborac il dodicesimo giorno della novantunesima luna del nostro regno.

Giurai e sottoscrissi quegli articoli con grande allegria e soddisfazione, benché alcuni di essi non fossero così onorevoli come avrei potuto sperare; ma ciò derivava esclusivamente dalla malevolenza di Skyresh Bolgolam, l'alto ammiraglio: intanto le mie catene furono immediatamente tolte e io ebbi piena libertà, l'Imperatore in persona mi fece l'onore di stare al mio fianco per l'intera cerimonia. Io mostrai la mia riconoscenza prostrandomi ai piedi di Sua Maestà, ma egli mi comandò di rialzarmi e dopo molte graziose espressioni, che non ripeterò, onde evitare mi si tacci di vanità, aggiunse di sperare che avrei dato prova di essere un servo fedele e che avrei ben meritato tutti i favori che mi aveva già concesso e quelli che mi avrebbe conferito in futuro.

Il lettore avrà notato che nell'ultimo articolo per la concessione della mia libertà, l'Imperatore stipulava di assegnarmi una quantità di cibo e bevande sufficiente per il sostentamento di 1728 lillipuziani. Qualche tempo dopo chiesi a un amico della Corte come fossero giunti a fissare quel numero così preciso, e lui mi raccontò che i matematici di Sua Maestà, misurata la mia statura con l'aiuto di un quadrante, avevano trovato che era superiore alla loro in proporzione di dodici a uno, sicché, raffrontando le nostre corporature per il resto simili, conclusero che il mio corpo, grosso almeno quanto 1728 dei loro, avrebbe conseguentemente richiesto tanto cibo quant'era necessario per nutrire quel numero di lillipuziani. Da ciò il lettore può formarsi un'idea dell'ingegnosità di quel popolo e insieme della saggia e corretta economia di un così gran principe.

Capitolo IV

Descrizione di Mildendo, la capitale di Lilliput, e del palazzo dell'Imperatore – Una conversazione tra l'Autore e il primo segretario concernente gli affari dell'impero: l'Autore si offre di servire l'Imperatore in guerra

La prima richiesta che avanzai, una volta ottenuta la libertà, fu che mi venisse data licenza di visitare Mildendo, la capitale; e l'Imperatore me la concesse subito, con il preciso impegno, però, di non recare danno né agli abitanti né alle case. Un bando rese nota al popolo la mia intenzione di visitare la città.

Le mura che la cingono sono alte due piedi e mezzo e larghe almeno undici pollici, tanto che una carrozza a cavalli vi può girare sopra con grande sicurezza, e sono fiancheggiate da robuste torri a dieci piedi di distanza l'una dall'altra.

Mi recai alla grande porta d'occidente e l'oltrepassai con molta delicatezza posando i piedi parallelamente nelle due strade principali, con il solo panciotto indosso per paura di danneggiare i tetti e le grondaie delle case con le falde della giacca. Camminavo con la massima circospezione, per evitare di mettere i piedi su qualche isolato ritardatario che a proprio rischio fosse rimasto per strada, benché vi fosse l'ordine tassativo che la gente si riparasse nelle case.

Gli abbaini e i tetti delle case erano così gremiti di spettatori che pensai di non aver mai visto, in tutti i miei viaggi, un posto più popoloso. La città è un quadrato esatto, ogni lato delle mura è lungo cinquecento piedi. Le due strade principali che si incrociano dividendola in quattro quartieri sono larghe cinque piedi. Le strade minori e i vicoli, dove non potei entrare, ma che vidi soltanto passandoci sopra, misurano tra i dodici e i diciotto pollici. La città può contenere cinquecentomila anime. Le case hanno da tre a cinque piani. Negozi e mercati sono ben provvisti.

Il palazzo dell'Imperatore è al centro della città, dove si incrociano le due grandi strade. È circondato da un muro alto due piedi e distante ventidue piedi dagli edifici. Io avevo il permesso di Sua Maestà di superarlo, sicché potei facilmente osservare il palazzo girandovi intorno da ogni lato, essendo tanto ampio lo spazio tra questo e il muro di cinta.

La corte più esterna è un quadrato di quaranta piedi, che ne include altre due, concentriche: in quella più interna ci sono gli appartamenti reali, che desideravo molto vedere, ma constatai che era troppo difficile, perché i portali per passare da una corte all'altra erano alti appena diciotto pollici e larghi sette, mentre gli edifici della corte esterna erano alti ben cinque piedi, ed era quindi impossibile per me scavalcarli senza fare un enorme danno al complesso, benché i muri fossero solidamente costruiti in pietra di taglio e spessi quattro pollici.

D'altra parte l'Imperatore stesso aveva gran voglia che io potessi vedere la magnificenza del suo palazzo: ma riuscii a far ciò solo dopo tre giorni, che impiegai ad abbattere col mio coltello alcuni dei più grossi alberi del parco reale, distante dalla città un centinaio di iarde. Con quegli alberi feci due sgabelli, alti tre piedi e resistenti abbastanza da sostenere il mio peso.

Avvisata di nuovo la popolazione, riattraversai la città fino al palazzo, con i due sgabelli in mano.

Quando giunsi in un braccio della corte esterna salii su uno sgabello,

presi in mano l'altro, lo feci passare sopra il tetto e con delicatezza lo posai nello spazio tra i fabbricati della prima e quelli della seconda corte, che era largo otto piedi. Scavalcai quindi benissimo gli edifici, passando da uno sgabello all'altro e riportando a me, con un bastone a gancio, quello che avevo precedentemente usato. Con questo espediente riuscii a entrare nella corte più interna, mi stesi per terra su di un fianco, avvicinai la faccia alle finestre del piano di mezzo, che erano state lasciate aperte a tale scopo, e scoprii i più splendidi appartamenti che si possano immaginare. Vidi l'Imperatrice e i giovani Principi nelle loro stanze, col relativo seguito. Sua Maestà l'Imperatrice si compiacque di sorridermi molto graziosamente e mi porse fuori della finestra la mano da baciare.

Non anticiperò al lettore ulteriori descrizioni del genere poiché le riservo per un lavoro più corposo, quasi pronto per la stampa, che conterrà un ampio saggio su quell'impero, dalla fondazione in poi attraverso una lunga serie di sovrani, con un accurato resoconto di guerre, politica, leggi, cultura e religioni, piante e animali, costumi e usi particolari, e altre notizie curiose e utili; per ora il mio principale intento è quello di riferire gli avvenimenti e i comportamenti, pubblici o miei privati, così come si verificarono durante la mia permanenza di circa nove mesi in quell'impero.

Un mattino, una quindicina di giorni dopo che avevo riottenuto la libertà, Reldresal, il primo segretario degli affari privati (questo è il suo titolo), venne alla mia casa, accompagnato da un unico servo. Ordinò alla carrozza di aspettare a distanza e chiese se gli concedevo un'ora di udienza; cosa cui io prontamente acconsentii, in considerazione del suo rango e dei suoi personali meriti, e anche dei tanti buoni uffici che mi aveva reso per le mie istanze alla Corte. Mi offrii di stendermi giù affinché potesse più comodamente arrivare al mio orecchio, ma egli preferì che lo tenessi in mano durante tutta la nostra conversazione.

Cominciò col complimentarsi per la mia liberazione; disse che avrebbe potuto accampare qualche merito in proposito, ma aggiunse che, comunque, se non fosse stato per la presente situazione a Corte forse non avrei potuto ottenerla così presto.

– Perché – disse – per quanto fiorente possa apparire agli stranieri la condizione in cui ci troviamo, dobbiamo invece faticosamente fronteggiare due grandi mali: una violenta fazione dentro casa, e all'esterno il pericolo d'invasione da parte del peggior nemico.

– Quanto alla prima, lei deve sapere che da una settantina di cicli lunari in questo impero si combattono due partiti, i cui nomi sono *tramecksan* e *slamecksan*, a seconda dei tacchi alti o bassi delle loro scarpe, per i quali essi si distinguono.

– C'è, in verità, chi asserisce che i tacchi-alti siano maggiormente conformi alla nostra antica costituzione; ma, comunque sia, Sua Maestà ha deciso di servirsi esclusivamente di tacchi-bassi per l'amministrazione del governo e per tutti gli incarichi di concessione regia, come lei stesso avrà visto; e in particolare avrà notato che i tacchi di Sua Maestà Imperiale sono più bassi almeno di un *drurr* di qualsiasi altro tacco della Corte (il *drurr* è una misura, ed è all'incirca la quattordicesima parte di un pollice).

– L'animosità tra questi due partiti è montata a tal punto che non vogliono più né mangiare né bere né parlare assieme. Stimiamo che i *tramecksan*, i tacchi-alti, siano in numero superiore a noi; ma il potere è interamente dalla nostra parte. Temiamo però che Sua Altezza Imperiale, l'erede al trono, abbia una certa inclinazione per i tacchi-alti; o per lo meno possiamo chiaramente constatare che uno dei suoi tacchi è più alto dell'altro; il che gli conferisce un'andatura zoppicante.

– E proprio nel mezzo di tali turbolenze intestine, siamo minacciati da un'invasione dall'isola di Blefuscu, che è l'altro grande impero dell'Universo, quasi altrettanto grande e potente di quello di Sua Maestà. Quanto, infatti, a ciò che le abbiamo udito affermare, che esisterebbero altri regni e stati nel mondo abitati da creature umane grosse come lei, i nostri filosofi sono in gran dubbio e sarebbero propensi a ritenere che lei sia disceso dalla luna o da una stella: perché è certo che un centinaio di mortali della sua mole distruggerebbero in poco tempo tutti i frutti e gli armenti dei domini di Sua Maestà. E del resto la nostra storia, che è di seimila cicli lunari, non fa menzione di nessun'altra regione oltre ai due grandi imperi di Lilliput e Blefuscu. Ora queste due somme potenze, come le stavo dicendo, sono impegnate nella guerra più ostinata da trentasei cicli lunari. Ecco come cominciò.

– Tutti sono d'accordo che il modo originario di rompere le uova prima di mangiarle fosse dalla parte più larga: ma accadde che, rompendo un uovo per mangiarlo secondo l'antica pratica, il nonno di Sua Maestà, quando era un fanciullo, si fece un taglio a un dito. Allora l'Imperatore suo padre pubblicò un editto che ordinava ai sudditi, sotto pena di gravi punizioni, di rompere le uova dalla parte più piccola. Il popolo si risentì talmente per quella legge che da lì, ci dicono le cronache, scoppiarono ben sei rivolte, durante le quali un Imperatore perse la vita e un altro la corona.

– Queste agitazioni interne sono state costantemente fomentate dai monarchi di Blefuscu; e ogni volta che venivano sedate, i fuoriusciti scappavano sempre a rifugiarsi in quell'impero. Si calcola che undicimila persone, in tempi successivi, abbiano preferito la morte piuttosto che sottomettersi a rompere le uova dalla parte più piccola.

– Centinaia di grandi volumi sono stati pubblicati su questa controversia: ma i libri di quelli-della-parte-grossa sono da molto tempo proibiti, e per tutti i membri del partito è stata comminata per legge l'interdizione dai pubblici uffici.

– Durante il corso di questi torbidi, gli imperatori di Blefuscu hanno presentato molto spesso per mezzo di ambasciatori delle rimostranze, accusandoci di provocare uno scisma religioso, sovvertendo la fondamentale dottrina del nostro grande profeta Lustrog, esposta nel cinquantaquattresimo capitolo del Brundrecal (che è il loro Corano). La loro, però, è da ritenere una forzatura del testo, perché le parole sono queste: "Tutti i veri credenti dovranno rompere le uova dalla parte conveniente". E la scelta di quale sia la parte conveniente sembra lasciata, secondo la mia modesta opinione, alla coscienza di ogni uomo, o al massimo potrebbe determinarlo il supremo magistrato.

– Ma dunque, i fuoriusciti di quelli-della-parte-grossa hanno trovato tanto credito presso la Corte dell'Imperatore di Blefuscu; e il loro partito gode di tanti aiuti segreti e incoraggiamenti qui da noi che la sanguinosa guerra tra i due imperi si trascina con sorti alterne da trentasei lune; durante questo tempo abbiamo perduto quaranta grandi navi e un numero ancor maggiore di vascelli minori, oltre a trentamila dei nostri migliori marinai e soldati.

– Si calcola che il nemico abbia subito danni anche più ingenti dei nostri, tuttavia adesso hanno equipaggiato una flotta numerosa e si stanno preparando a calare su di noi. Sua Maestà imperiale, riponendo grande fiducia nel suo coraggio e nella sua forza, mi ha comandato di metterla a parte della nostra situazione.

Pregai il segretario di presentare i miei ossequi all'Imperatore e di fargli sapere che non ritenevo di poter interferire tra i partiti, essendo straniero, ma che ero pronto a difendere la Sua Persona e lo Stato dagli invasori, a rischio della vita.

Capitolo V

Con uno straordinario stratagemma l'Autore previene un'invasione – Gli viene conferita un'alta onorificenza – Dall'impero di Blefuscu arrivano ambasciatori con richieste di pace – Per un incidente va a fuoco l'appartamento dell'Imperatrice; trovata dell'Autore per salvare il resto del palazzo

L'impero di Blefuscu è un'isola situata a nord-nord-est di Lilliput, da cui la separa soltanto un canale largo ottocento iarde. Io non l'avevo ancora veduta e dopo quest'avvisaglia di una progettata invasione evitavo di mostrarmi su quel lato della costa per paura di essere scoperto da qualche nave dei nemici, che non potevano sapere della mia presenza, essendo rigidamente proibito sotto pena di morte ogni rapporto tra i due imperi da che erano in guerra, ed essendo stato posto un embargo dal nostro Imperatore su qualunque vascello.

Comunicai a Sua Maestà di avere un progetto per sequestrare l'intera flotta dei nemici che, come i nostri ricognitori ci avevano assicurato, stava nel porto, pronta a salpare col primo vento favorevole.

Consultai i marinai più esperti sulla profondità del canale, che avevano più volte scandagliato, e mi dissero che nel mezzo era di settanta *glumgluffs*, cioè sei piedi di misura europea, nelle ore d'alta marea e per il resto di cinquanta *glumgluffs* al massimo. Mi incamminai verso la costa di nord-est e mi andai a coricare dietro un monticello, di fronte a Blefuscu; tirai fuori il mio piccolo telescopio tascabile e potei osservare la flotta del nemico all'ancora, che consisteva in una cinquantina di navi da guerra più un gran numero di navi da trasporto; tornai poi a casa e mi feci portare (avevo per questo un'autorizzazione) funi delle più robuste e barre di ferro in gran quantità.

Le funi erano dello spessore di una corda da pacchi e le barre della lunghezza e della grossezza di un ferro da calza. Triplicai la fune per renderla più resistente, per la stessa ragione attorcigliai assieme a tre a tre le barre di ferro e ne piegai a uncino le estremità. Fissati cinquanta uncini ad altrettante corde ritornai alla costa di nord-est, mi tolsi giacca, scarpe, calze ed entrai in mare col solo giustacuore di pelle, una mezz'ora prima dell'alta marea. Andai a guado il più in fretta possibile e al centro nuotai per una trentina di iarde prima di ritoccare fondo; arrivai alla flotta in meno di mezz'ora.

I nemici furono così terrorizzati quando mi videro, che si gettarono giù dalle navi e nuotarono a riva, dove erano accorse non meno di trentamila anime.

Presi allora il mio cordame e cominciai a fissare un uncino al foro di prua di ciascuna nave, annodando poi insieme i capi delle funi. Ma mentre ero intento a far questo, il nemico prese a lanciare frecce a migliaia, molte delle quali mi si conficcavano nelle mani e nella faccia e, oltre a darmi fortissimo bruciore, disturbavano molto il lavoro.

La mia preoccupazione maggiore era per gli occhi, che avrei sicuramente perduto, se non avessi subito pensato a un espediente. Fra altre cosette utili, avevo conservato nel taschino segreto, che come ho riportato prima era sfuggito ai perquisitori, un paio di occhiali. Li trassi fuori, li assicurai più saldamente che potei sul naso e così corazzato tornai imperterrito al lavoro, a dispetto delle frecce del nemico, molte delle quali andavano sì a sbattere contro le lenti degli occhiali, ma senz'altro effetto che di spostarli un po'.

Fissati tutti gli uncini e preso in mano il nodo, cominciai a tirare, ma nessuna nave si mosse; erano troppo saldamente trattenute dalle ancore, sicché mi rimaneva la parte più gravosa del-

l'impresa. Mollai il cordame lasciando gli uncini attaccati alle navi e, risolutamente, recisi col mio coltello le funi che assicuravano le ancore; nel frattempo ricevetti più di duecento frecciate sulla faccia e sulle mani, ma alla fine ripresi in mano il nodo terminale delle cime attaccate ai ganci e con grande facilità mi portai dietro le cinquanta maggiori navi da guerra del nemico.

I Blefuscudiani, che non avevano la più vaga idea di cosa intendessi fare, sulle prime restarono istupiditi dallo stupore: mi avevano visto tagliare le funi e pensavano che il mio scopo fosse solo quello di lasciare le navi alla deriva o di farle incocciare le une con le altre. Ma quando videro che l'intera flotta si allontanava in ordine schierato e si accorsero che io me la tiravo dietro con la corda, ruppero in tali urla di dolore e di disperazione che è quasi impossibile descriverle e persino immaginarle.

Quando fui fuori pericolo, mi fermai un momento per estrarre le frecce conficcate nelle mani e nella faccia e spalmarvi l'unguento che, come ho raccontato, mi era stato dato al mio arrivo. Poi mi tolsi gli occhiali, attesi un'ora circa che la marea si fosse un po' abbassata, guadai col mio carico anche il centro del canale e arrivai in salvo al porto reale di Lilliput.

L'Imperatore e l'intera Corte stavano sulla riva, aspettando l'esito dell'impresa. Vedevano avanzare una grande mezzaluna di navi, ma non potevano scorgere me, che stavo in acqua fino al petto.

Quando arrivai alla metà del canale furono ancora più in pena, perché ero sott'acqua sino al collo. L'Imperatore trasse la conclusione che ero annegato e che la flotta del nemico si stava avvicinando con intenzioni bellicose. Ma fu subito liberato dalle sue paure: il canale diventava meno profondo a ogni passo che facevo, in breve giunsi a tiro di voce e alzando il capo del cavo cui la flotta stava attaccata, a voce alta gridai: – Lunga vita all'Imperatore di Lilliput, il più potente di tutti!

Quando toccai la sponda, quel grande principe mi ricevette con ogni possibile encomio e mi nominò lì sul posto *Nardac*, che è il loro più alto titolo onorifico.

Poi Sua Maestà mi chiese di trovare il modo per portare nei suoi porti il resto delle navi del nemico. Ed è così smisurata l'ambizione dei principi, che sembrava pensasse niente meno che di ridurre l'intero impero di Blefuscu a una provincia e di governarla mediante un viceré; di sterminare i fuoriusciti di quelli-della-parte-grossa e di costringere anche quel popolo a rompere le uova dalla parte piccola; così sarebbe rimasto l'unico monarca del mondo intero. Ma io tentai di dissuaderlo da tale proposito con molti argomenti, tratti dalle regole basilari sia della politica che della giustizia, e dichiarai chiaramente che non sarei mai stato uno strumento per ridurre in schiavitù un popolo libero e fiero; e quando la questione venne dibattuta in Consiglio, i ministri più assennati furono della mia opinione.

Questa aperta e ferma dichiarazione da parte mia era così contraria ai piani e alla politica di Sua Maestà, che egli non mi poté mai perdonare: ne accennò in maniera molto ambigua in Consiglio, dove, mi riferirono, sembrò, se non altro per il loro silenzio, che alcuni tra i più saggi fossero della mia opinione; ma altri, che sotto sotto mi erano nemici, non poterono astenersi da certe espressioni che indirettamente insinuavano dubbi su di me. E da quel momento iniziò un intrigo tra Sua Maestà e una cricca di ministri malignamente tesi a nuocermi, che in meno di due mesi venne allo scoperto e fu sul punto di riuscire a distruggermi del tutto. Così poco peso hanno i servigi resi ai principi se vengono raffrontati sulla bilancia con un rifiuto a soddisfare le loro passioni.

Circa tre settimane dopo la mia clamorosa impresa, arrivò una solenne ambasceria da Blefuscu con umili offerte di pace, che fu subito conclusa a condizioni vantaggiosissime per il nostro Imperatore, con le quali non voglio annoiare il lettore.

C'erano sei ambasciatori, con un seguito di circa cinquecento persone; la loro entrata ebbe la magnificenza che si conveniva alla grandiosità del loro signore e all'importanza della loro missione.

Concluso il trattato, per il quale io avevo prestato più di una volta i miei buoni uffici per il credito di cui godevo a Corte, o di cui per lo meno pareva godessi, le Loro Eccellenze, cui privatamente era stato riferito quanto avessi agito da amico nei loro confronti, mi tributarono una visita ufficiale.

Cominciarono col farmi molti complimenti sul mio eroismo e sulla mia generosità e mi invitarono nel loro regno a nome del loro Imperatore e signore; mi chiesero pure di mostrare qualche saggio della mia forza prodigiosa, di cui avevano udito tante meraviglie, e io prontamente feci loro tale favore; ma non distrarrò l'attenzione del lettore con i particolari.

Quando ebbi intrattenuto per un certo tempo le Loro Eccellenze con loro infinita soddisfazione e sorpresa, chiesi che mi facessero l'onore di presentare i miei più umili rispetti al loro Imperatore e Signore, la fama delle cui virtù aveva così giustamente riempito di ammirazione il mondo intero e la cui Reale Persona io avevo deciso di riverire prima di tornare al mio paese.

Di conseguenza, la prima volta che ebbi l'onore di vedere il nostro Imperatore, gli chiesi verbalmente licenza di fare una visita al monarca blefuscudiano, che egli si degnò di concedermi, come potei ben vedere, con una enorme freddezza di cui non riuscii a capire la ragione, fino a che non ebbi una soffiata da certe persone: Flimnap e Bolgolam avevano dipinto il mio rapporto con quegli ambasciatori come un segno di disaffezione, di cui invece sono sicuro che il mio animo era totalmente sgombro. Fu quella la prima volta che cominciai a nutrire qualche dubbio sulle Corti e sui ministri.

Si deve puntualizzare che quegli ambasciatori mi parlarono mediante un interprete. Le lingue dei due imperi differiscono l'una dall'altra come due lingue europee, e ciascuna nazione è orgogliosa dell'antichità, della bellezza, della vigorosità del proprio idioma e mostra un palese disprezzo per quello del vicino: tant'è che il nostro Imperatore, in forza della posizione di supremazia che aveva conquistato con la cattura della loro flotta, li obbligò a consegnare le credenziali e a sostenere i colloqui in lingua lillipuziana.

Si deve tuttavia dire che per il grande giro di traffici e commerci tra i due reami, per la continua reciproca accoglienza di esiliati e per l'usanza di ciascuno dei due imperi di mandare nell'altro i giovani della nobiltà e della gente più ricca perché si istruiscano vedendo il mondo e conoscendo uomini e costumi differenti, sono ben pochi tra le persone distinte, i mercanti, i marinai e gli abitanti delle zone rivierasche a non poter sostenere una conversazione in entrambe le lingue, come scoprii qualche settimana dopo, quando andai a porgere i miei rispetti all'Imperatore di Blefuscu: circostanza che, in mia piena disgrazia, a causa della malvagità dei miei nemici, mi procurò una felice opportunità, come riferirò a tempo debito.

Il lettore ricorderà che, quando sottoscrissi le clausole in virtù delle quali riconquistai la libertà, più d'una di esse m'aveva dato fastidio, perché troppo umiliante; e che nient'altro che l'estrema necessità mi aveva forzato a sottomettermi. Ma essendo ora un *nardac*, al più alto rango dell'impero, alcuni obblighi sembravano troppo al di sotto della mia dignità, e l'Imperatore (bisogna che gli renda giustizia) non ne fece mai menzione. Tuttavia, non passò molto tempo prima che capitasse l'occasione di rendere a Sua Maestà un servizio preziosissimo, o almeno tale io lo ritenni allora.

A mezzanotte fui spaventato dalle grida di molte centinaia di uomini davanti alla mia porta: svegliato di soprassalto, piombai in una specie di terrore. Udivo ripetere incessantemente la parola *burglum*; diversi cortigiani, fattisi strada tra la folla, mi scongiurarono di recarmi immediatamente a palazzo, dove l'appartamento di Sua Maestà l'Imperatrice era in fiamme, per l'avventatezza di una damigella d'onore che si era addormentata mentre leggeva un romanzo.

Mi alzai in un lampo. Venne dato l'ordine di lasciarmi sgombra la strada e inoltre era una notte di chiaro di luna, sicché ce la feci ad arrivare a palazzo senza calpestare nessuno della folla.

Giunsi che avevano già appostato le scale contro le mura dell'appartamento ed erano ben provvisti di secchi, ma l'acqua era piuttosto distante. I secchi erano della misura di un grosso ditale, e quella povera gente me li passava più in fretta che poteva, ma le fiamme erano così violente, che davano poco pro. Avrei potuto facilmente soffocarle con la mia giacca che sfortunatamente avevo lasciato indietro per la fretta, ero venuto via solo col giustacuore di pelle. L'increscioso caso sembrava del tutto disperato, quel magnifico palazzo sarebbe stato inevitabilmente ridotto in cenere dal fuoco, se con una prontezza di spirito per me inusuale non avessi escogitato all'improvviso un espediente.

La sera prima avevo bevuto una gran quantità del vino più delizioso, chiamato *glimigrim* (i blefuscudiani lo chiamano *flunec*, ma il

nostro è ritenuto di miglior qualità), molto diuretico. Per massima fortuna non mi ero scaricato per nulla. Il calore che avevo incamerato stando tanto vicino alle fiamme e lavorando per spegnerle fece sì che quel vino diventasse orina: ne profusi in tale quantità e la distribuii così bene nei posti giusti che in tre minuti il fuoco fu completamente estinto e quel che restava di quel nobile fabbricato, che per erigerlo era costato un lavoro di secoli e secoli, fu preservato dalla distruzione.

Era ormai giorno, e io ritornai alla mia casa senza attendere di congratularmi con l'Imperatore, perché, quantunque gli avessi fatto un servizio straordinario non potevo ancora dire se Sua Maestà se la sarebbe presa o no per la maniera in cui l'avevo realizzato: per le leggi a fondamento del regno è, infatti, delitto capitale per qualsiasi persona, di qualsiasi rango, far acqua nel recinto del palazzo.

Ma ebbi uno spiraglio di conforto da un messaggio di Sua Maestà. Avrebbe dato ordine al giudice supremo, diceva, di rilasciarmi un condono ufficiale: che tuttavia non potei mai ottenere.

Mi fu privatamente dato per certo che l'Imperatrice, avendo concepito il più grande orrore per quanto avevo fatto, si era trasferita nel lato più lontano della Corte, fermamente decisa a impedire che quell'edificio venisse riparato per suo uso; e in presenza dei suoi intimi non si era trattenuta dal giurarmi vendetta.

Capitolo VI

Gli abitanti di Lilliput: cultura, leggi e costumi – L'educazione dei bambini – La vita dell'Autore in quel paese – Sua rivendicazione dell'onore di una gran dama

Benché intenda rinviare la descrizione di quell'impero a un trattato specifico, mi fa tuttavia piacere soddisfare intanto il lettore curioso con alcune informazioni.

Se la dimensione normale dei nativi è un po' sotto i sei pollici, è comunque in perfetta proporzione con quella di tutti gli altri animali, delle piante e degli alberi: per esempio, i più alti cavalli e i buoi sono quattro o cinque pollici, le pecore un pollice e mezzo più o meno, le oche sono della grandezza di un passero, e così via, scendendo per i vari gradi fino ad arrivare agli esseri più piccoli, che ai miei occhi erano invisibili: ma la natura ha adattato gli occhi dei lillipuziani a tutti gli oggetti che debbono vedere.

Vedono con grande esattezza, però non a grande distanza. Per dimostrare l'acutezza della loro vista per gli oggetti vicini, vi dirò che mi divertii molto a osservare un cuoco mentre spennava un'allodola, che non era grande nemmeno quanto una comune mosca, e una ragazzetta infilare un invisibile ago con un'invisibile seta.

I loro alberi più alti sono sui sette piedi; mi riferisco ad alcuni di quelli del gran parco reale, la cima dei quali potevo a stento raggiungere a braccio teso. E il resto della vegetazione è in proporzione: lascio che il lettore se l'immagini da sé.

Poco dirò qui della loro cultura, che è fiorente da molti secoli, nelle varie branche. Riferirò solo la loro maniera di scrivere, molto singolare: non scrivono da sinistra a destra come gli europei, né da destra a sinistra come gli arabi, né dall'alto in basso come i cinesi, né dal basso in alto come i cascagiani, ma in diagonale, da un angolo all'altro del foglio, come le signore in Inghilterra.

Seppelliscono i morti esattamente a testa in giù, perché sono dell'opinione che risorgano tutti dopo undicimila lune, e siccome per quel periodo la terra (che essi ritengono essere piatta) si sarà rivoltata sottosopra, dicono, così al momento della resurrezione si troveranno già bell'e dritti in piedi. Gli uomini colti ammettono l'assurdità di tale dottrina, ma la pratica continua, per assecondare il volgo.

In quell'impero vi sono leggi e usanze molto singolari, e se non fossero del tutto opposte a quelle del nostro amato paese sarei tentato di dire qualcosa a loro giustificazione. Resterebbe solo da augurarsi che le applicassero davvero.

La prima legge che menzionerò riguarda chi sporge denuncia. Tutti i crimini contro lo Stato sono puniti con estrema severità; ma se la persona accusata riesce a dimostrare in giudizio la sua piena innocenza, l'accusatore è immediatamente condannato a una morte ignominiosa, e dai suoi beni e dalle sue terre viene tratta una ricompensa per la persona innocente, pari al quadruplo della perdita di tempo, del danno subito, della durezza della prigionia e delle spese in cui è incorsa per sostenere la propria difesa. Oppure, se quel patrimonio non è sufficiente, provvede con larghezza la corona. L'Imperatore conferisce anche un pubblico riconoscimento del suo favore, e la proclamazione dell'innocenza viene portata a conoscenza dell'intera popolazione.

Guardano alla frode come a un crimine più grave del furto e solo raramente non lo puniscono con la morte, perché, argomentano, la cura e la vigilanza, unite alla più comune intelligenza, bastano a preservare i beni di un cittadino dai ladri, invece l'onestà non ha riparo contro un'astuzia superiore. E ancora: dal momento che è indispensabile vi siano continui scambi di compravendita e contratti basati sul credito, laddove la frode fosse permessa o tollerata, o non ci fosse legge per punirla, il commerciante onesto sarebbe sempre rovinato e il briccone ne trarrebbe vantaggio.

Ricordo la volta che, intercedendo presso il sovrano per un criminale che aveva defraudato il padrone scappando via con una grossa somma di danaro ricevuta in consegna, mi venne fatto di dire a Sua Maestà, per accampare un'attenuante, che si trattava solo di abuso di fiducia: l'Imperatore trovò mostruoso che io adducessi a difesa il massimo aggravante al crimine. E veramente io non seppi che controbattere oltre alla risposta più banale, che ogni paese ha le sue usanze, perché, lo confesso, provavo profonda vergogna.

Benché siamo soliti definire la ricompensa e la pena i due cardini su cui poggia ogni governo, io non ho ancora mai potuto vedere una nazione in cui tale massima sia messa in pratica, eccetto Lilliput.

Chiunque possa produrre una prova sufficiente a dimostrare che ha rigidamente osservato le leggi di quel paese per settantatré lune, ha diritto a determinati privilegi, secondo il rango e le condizioni di vita, insieme a una proporzionata somma di danaro, tratta da un fondo apposito per tale uso, e acquisisce altresì il titolo di *snilpall*, ossia "legale", che viene unito al nome, ma non passa ai discendenti.

Quando ho riferito che le nostre leggi vengono fatte rispettare solo mediante la pena, senza neppure la menzione di una ricompensa, quella gente l'ha ritenuta una incredibile deficienza della nostra politica.

Conseguentemente, l'immagine della Giustizia nei loro tribunali è configurata con sei occhi, due davanti, altrettanti dietro e uno per lato a indicare la circospezione, e con una borsa piena d'oro, aperta, nella mano destra e una spada nella sinistra, chiusa nel fodero, a significare che è più incline alla ricompensa che alla pena.

Nella scelta delle persone per un qualsiasi impiego prestano più attenzione ai principi morali che alle maggiori capacità. Perché, dal momento che all'umanità è necessario un governo, essi credono che un comune livello di intelligenza sia sufficiente per un posto o per l'altro; e pensano che la Provvidenza non abbia mai inteso rendere la gestione dei pubblici affari un mistero che possa essere compreso solo da poche persone di genio eccelso, di cui a stento ne nascono tre in un secolo.

Suppongono che verità, giustizia, temperanza e simili siano alla portata di ogni uomo; e che la pratica di tali virtù, aiutata dall'esperienza e dalla retta intenzione, abiliti ogni uomo a servire il proprio paese, tranne nei ruoli per cui è necessario un particolare corso di studi. Ma pensano che, al contrario, il difetto di virtù morali non possa essere nemmeno minimamente supplito da eccezionali doti mentali; che un incarico non dovrebbe mai essere posto in mani tanto pericolose come quelle di persone siffatte; e infine sono convinti che eventuali errori commessi per ignoranza da chi è incline alle virtù non avrebbero mai conseguenze tanto fatali per il bene pubblico quanto gli intrighi di un uomo la cui indole lo porti a essere corrotto e che abbia grande abilità per manovrare, moltiplicare e proteggere la corruzione.

Allo stesso modo, il fatto di non credere nella Divina Provvidenza impedisce a un uomo di reggere qualsiasi carica pubblica: perché, dal momento che i re affermano di essere i rappresentanti della Provvidenza, i lillipuziani pensano che nulla possa essere più assurdo per un principe che servirsi di uomini che disconoscono l'autorità in nome della quale essi agiscono.

Riguardo alle leggi che ho riportato e a quelle che riporterò in seguito, vorrei si comprendesse che mi riferisco alle istituzioni originali, e non alla scandalosissima corruzione in cui quel popolo è caduto per la tendenza a degenerare, propria della natura dell'uomo. E quanto alle infami pratiche di procacciarsi alti uffici danzando sulle corde, o segni di favore e distinzione saltando sopra i bastoni o strisciandovi sotto, il lettore deve sapere che furono introdotte per la prima volta dal nonno dell'Imperatore ora regnante e crebbero sino al presente livello col graduale incremento di partiti e fazioni.

L'ingratitudine è per loro un delitto capitale, come si legge sia stato anche in altri paesi. Perché loro ragionano così: chiunque ricambi col male chi gli ha fatto del bene, non può che essere nemico di tutto il resto dell'umanità verso cui non è nemmeno obbligato da benefici ricevuti, quindi un tal uomo non ha diritto di vivere.

Le loro convinzioni circa i doveri dei genitori e dei figli sono estremamente diverse dalle nostre. Perché, dal momento che l'unione del maschio e della femmina è fondata su una grande legge di natura tesa alla propagazione e continuazione della specie, i lillipuziani di necessità ne deducono che uomini e donne si uniscono insieme come gli altri animali, a motivo della concupiscenza; e che la loro tenerezza verso i piccoli procede da un altrettanto naturale principio, ragion per cui essi non ammettono che un figlio sia in alcun modo obbligato verso il padre per averlo generato o verso la madre per averlo messo al mondo, il che, considerate le miserie della vita umana, non è stato di per sé un beneficio; e nemmeno ritengono che lo siano i genitori, i cui pensieri, negli incontri amorosi, erano tesi ad altro.

Sulla base di questi e di altri ragionamenti, è loro convinzione che i genitori siano gli ultimi tra tutti cui convenga affidare l'educazione dei fanciulli. E perciò hanno in ogni città pubblici centri di allevamento dove tutti i genitori, tranne i contadini e i braccianti, sono obbligati a mandare i piccoli d'ambo i sessi perché siano cresciuti ed educati, appena arrivano all'età di venti lune, tempo in cui si suppone abbiano già un minimo di possibilità di ubbidire.

Queste scuole sono di genere diverso in relazione al diverso stato sociale e al sesso. Hanno insegnanti bene addestrati a preparare i ragazzi per qualsiasi condizione di vita si convenga al rango dei genitori e alle loro capacità e inclinazioni.

Dirò dapprima qualcosa sui centri per i maschi e poi su quelli per le femmine.

I centri per maschi di nascita nobile o eminente sono provvisti di insegnanti seri e colti, e di parecchi assistenti. Gli abiti e i cibi sono semplici e modesti. I bambini vengono allevati secondo i principi d'onore, giustizia, coraggio, modestia, clemenza, religione e amor patrio. Sono sempre tenuti impegnati in qualche occupazione, tranne che durante il tempo dei pasti e del sonno, che è molto breve, e le due ore di svago, che consiste in esercizi fisici.

Fino ai quattro anni d'età li vestono degli uomini addetti a ciò, e poi sono obbligati a vestirsi da soli anche se sono di altissimo rango; le inservienti donne, d'età corrispondente ai nostri cinquant'anni, compiono solo i lavori più umili.

Non è mai permesso ai bambini di conversare con la servitù, ma possono prendersi svago in piccoli o grandi gruppi di compagni, sempre in presenza di un insegnante o di un assistente; per cui sono loro evitate quelle prime cattive influenze di follia e di vizio cui i nostri ragazzi sono sottoposti.

Ai loro genitori è concesso vederli solo due volte l'anno; la visita non si prolunga oltre un'ora; è permesso baciare il figlio al momento dell'incontro e della separazione, ma un insegnante, che è sempre presente in quelle occasioni, non lascerà che i genitori bisbiglino o che usino espressioni leziose o che portino in dono giocattoli, dolcetti e roba simile.

La retta di ogni famiglia per l'educazione e il mantenimento di un figlio, in mancanza del pagamento dovuto, viene riscossa a forza dai funzionari imperiali.

I centri per i figli di cittadini comuni, mercanti, commercianti e

Mi chiese di mettermi ritto in piedi, le gambe aperte il più possibile come un Colosso, poi comandò al generale (vecchio ed esperto comandante e mio grande protettore) di disporre le truppe in ordine serrato e farle marciare sotto di me...

p. 39

*Ma quando videro che l'intera flotta si allontanava in ordine schierato
e si accorsero che io me la tiravo dietro con la corda,
ruppero in tali urla di dolore e di disperazione che è quasi impossibile
descriverle e persino immaginarle.*

p. 53

artigiani, sono gestiti allo stesso modo, in proporzione; solamente, i ragazzi destinati a qualche mestiere sono messi fuori a fare gli apprendisti a sette anni, mentre i figli delle persone di qualità continuano la loro istruzione fino ai quindici, che corrispondono ai nostri ventuno; ma l'isolamento è gradualmente attenuato negli ultimi tre anni.

Nei centri femminili, le fanciulle di rango sono educate in modo molto simile ai maschi, soltanto vengono vestite da inservienti del loro stesso sesso, ma sempre in presenza di un insegnante o di un assistente, finché arrivano a vestirsi da sole, il che avviene a cinque anni. E queste bambinaie, se si scopre che hanno osato intrattenere le piccole con storie paurose o sciocche o con le solite stupidaggini che usano presso di noi le cameriere, vengono frustate pubblicamente tre volte per le vie della città, imprigionate per un anno e bandite per la vita nelle zone più desolate del paese. Sicché le giovani signore provano, come gli uomini, molta vergogna se sono codarde o sciocche, e hanno in dispregio tutti gli ornamenti della persona, decenza e pulizia a parte.

Io non ho mai notato nell'educazione alcuna differenza basata sulla diversità del sesso, tolto il fatto che gli esercizi fisici delle femmine non erano altrettanto faticosi, che alle bambine venivano impartite alcune nozioni riguardanti la vita domestica e però potevano usufruire di una istruzione generale di minore ampiezza: è loro norma insomma che, tra la gente di qualità, una compagna debba essere gradevole e capace di ragionare, visto che non può sempre restare giovane.

Quando le ragazze raggiungono i dodici anni, che presso di loro è l'età per il matrimonio, i genitori o i tutori le portano a casa, con grandi espressioni di gratitudine per gli insegnanti e raramente senza lacrime delle signorine e delle compagne.

Nei centri di allevamento delle femmine di ceto medio le bambine vengono istruite in ogni genere di lavori adatti al loro sesso, a vari livelli; quelle destinate a praticare un mestiere le fanno uscire a sette anni, le altre le tengono fino a undici.

Le famiglie di ceto medio che hanno figli o figlie in questi centri sono obbligate, oltre alla retta annuale, che è la più bassa possibile, a rimettere ogni mese all'amministratore del centro una percentuale

delle loro entrate, per costituire una dote per la prole; e perciò tutti i genitori sono tenuti per legge a limitare le loro spese. Perché i lillipuziani pensano non vi sia ingiustizia peggiore di quella commessa da chi, per soddisfare i propri appetiti, mette figli al mondo e lascia il peso di mantenerli alla comunità.

Quanto alle persone di qualità, devono dare in garanzia una certa somma da destinare a ogni figlio, secondo la loro condizione; e questi fondi sono sempre gestiti con una buona amministrazione e con la più perfetta onestà.

I contadini e i braccianti tengono a casa i figli perché la loro educazione ha poca importanza per lo Stato, dal momento che avranno l'unica mansione di coltivare la terra; i loro vecchi e i loro ammalati sono invece a carico degli ospizi, infatti il mendicare è un'attività sconosciuta in quell'impero.

E a questo punto posso forse divertire il lettore un po' curioso con qualche notizia sulla mia sistemazione domestica e sul mio modo di vivere in quel paese durante una permanenza di nove mesi e tredici giorni. Io stesso mi costruii un tavolo e una sedia, abbastanza comodi, con gli alberi più grossi del gran parco reale, un po' perché sono portato ai lavori artigianali un po' perché ero spinto dalla necessità.

Duecento cucitrici vennero adibite a farmi camicie e biancheria da letto e da tavola, con la stoffa più robusta e grossa che riuscirono a trovare; e tuttavia furono costrette a trapuntarne insieme più strati, perché la più spessa era molto più sottile della batista.

La loro tela di lino in genere è larga tre pollici, e le pezze sono lunghe tre piedi.

Le cucitrici mi presero le misure mentre stavo sdraiato per terra, una in piedi sul mio collo e una a mezza gamba, con una grossa corda che tenevano tesa reggendone un capo ciascuna, mentre una terza misurava la lunghezza della corda con un regolo da un pollice. Poi misurarono il mio pollice destro, e non gli servì altro: per un mio calcolo matematico secondo cui la circonferenza del polso è due volte quella del pollice e così via per il collo e la cintura, e con l'aiuto della mia camicia vecchia che stesi per terra davanti a loro come modello, mi fecero delle camicie di misura perfetta.

Trecento sarti vennero impiegati per farmi gli abiti; ma per prendermi le misure essi ebbero un'altra trovata. Io mi inginocchiai, e loro mi drizzarono contro una scala che da terra arrivava al mio collo; poi uno di loro montò sulla scala e lasciò cadere un filo a piombo dal mio colletto fino al pavimento, così ricavarono esattamente la lunghezza della giacca; infine io stesso presi la misura della vita e delle braccia.

Quando ne fu terminata la confezione (che fu eseguita nella mia casa perché la più grande delle loro non li avrebbe potuti contenere), i miei abiti assomigliavano ai lavori composti di pezze che fanno le signore in Inghilterra, solo che erano tutti d'un colore.

Avevo trecento cuochi che mi preparavano il vitto in piccole decorose baracche costruite attorno alla mia casa, dove vivevano con le loro famiglie; ognuno di loro mi preparava due piatti. Io pigliavo in mano dieci camerieri e li piazzavo sulla tavola; altri cento attendevano a terra, reggendo sulle spalle chi piatti di carne, chi barili di vino e altre bevande, che i camerieri di sopra mi tiravano su quando volevo, in modo molto ingegnoso, per mezzo di corde, come in Europa tiriamo su un secchio dal pozzo.

Un piatto di cibo era per me appena un buon boccone, e un barile di liquido una ragionevole sorsata.

Il loro montone è meno buono del nostro, ma il loro bue è eccellente. Mi è capitato una volta un lombo di bue così grande che sono stato costretto a farne tre bocconi; ma era una rarità.

I miei servi erano attoniti vedendomi mangiare le ossa e tutto quanto, come nel nostro paese si mangiano le coscettine di una allodola. Le oche e i tacchini di solito li mangiavo in un boccone, e devo confessare che sono molto migliori dei nostri. Di volatili piccoli me ne tiravo su venti o trenta per volta con la punta del coltello.

Un giorno Sua Maestà Imperiale, che aveva saputo come me la passavo, domandò se Lui Stesso, la sua Reale Consorte e i giovani Principi del Sangue d'ambo i sessi potessero avere la gioia (ebbe la compiacenza di dire così) di pranzare con me. Vennero, infatti, e me li piazzai sul tavolo, seduti sopra i loro scranni regali, proprio di fronte a me, con tutte le guardie intorno.

Era presente anche il signor Flimnap, con la sua mazza bianca da gran tesoriere in mano; mi accorsi che costui mi lanciava frequenti occhiate ostili, però non vi diedi peso e mangiai più del solito, per fare onore al mio caro paese e anche per stupire la Corte. Ho personali motivi per credere che quella visita di sua Maestà diede a Flimnap l'opportunità di mettermi in cattiva luce presso il suo signore.

Questo ministro era sempre stato mio segreto nemico, benché esteriormente nei miei riguardi si profondesse in toni cordiali assai più di quanto fosse solito fare, data la sua natura musona.

Non faceva che ripetere all'Imperatore del misero stato del tesoro; diceva che lui era costretto a emettere prestiti a tasso altissimo; che le obbligazioni del tesoro non circolavano senza uno sconto del nove per cento; che io ero costato a Sua Maestà più di un milione e mezzo di *sprugs* (la loro più grossa moneta d'oro, della grandezza di un lustrino); e infine che sarebbe stato opportuno per l'Imperatore cogliere la prima occasione per mandarmi via.

E qui mi sento obbligato a difendere la reputazione di un'eccellente dama che, del tutto innocente, ebbe a soffrire per causa mia.

Il tesoriere divenne assurdamente geloso della moglie, per la cattiveria di alcune malelingue che l'avevano informato che Sua Grazia si era presa una gran passione per la mia persona; per un certo tempo, infatti, era girata a Corte la scandalosa voce che lei fosse venuta in segreto nel mio alloggio.

Dichiaro solennemente che è la più infame menzogna, senza base alcuna, tranne che Sua Grazia aveva la bontà di trattarmi in tutta innocenza con liberalità e amicizia.

Ammetto che sia venuta spesso a casa mia, ma sempre pubblicamente, mai senza almeno altre tre persone nella sua carrozza, che in genere erano la sorella, la giovane figlia e qualcuna delle amiche intime; ma questo lo facevano molte altre signore della Corte. E mi appello a tutti i miei servi: dicano se hanno mai visto una carrozza alla mia porta senza sapere chi ci fosse dentro.

In caso di visite, quando un servo mi avvertiva, era mia abitudine andare immediatamente alla porta e, tributati i miei rispetti, prendevo in mano con molta attenzione la carrozza e due cavalli (perché se i cavalli erano sei il cocchiere ne staccava sempre quattro), e li ponevo sul tavolo, dove avevo fissato una ringhiera mobile di cinque pollici per evitare incidenti.

Spesso avevo anche quattro carrozze a cavalli per volta sul tavolo, piene di bella compagnia; io mi sedevo sulla mia sedia, col volto inclinato verso di loro e, mentre conversavo con quelli di un equipaggio, i cocchieri gentilmente facevano fare agli altri un giro attorno al tavolo.

In tali conversazioni ho passato molti pomeriggi piacevolissimi, ma sfido il tesoriere, o i suoi due informatori (dico i loro nomi e se la sbrighino come possono) Clustril e Drunlo, a provare che qualche persona sia venuta da me in incognito, fatta eccezione per il segretario Reldresal, che era stato inviato da Sua Maestà Imperiale con ordine espresso, come ho già riferito.

Non mi sarei dilungato tanto su questo fatto particolare se non fosse una questione concernente così da vicino la reputazione di una gran dama; per non dire della mia, benché avessi l'onore di essere un *nardac*, mentre il tesoriere non lo è perché tutti sanno che è solo un *clumglum*, titolo inferiore di un grado come quello di marchese rispetto a quello di duca in Inghilterra, quantunque debba ammettere che aveva la precedenza su di me in virtù della sua carica.

Quelle false informazioni, delle quali venni a conoscenza per una banale circostanza di cui è inutile parlare, fecero sì che il tesoriere avesse, per un certo tempo, un contegno ostile verso la moglie e peggio ancora verso di me. Quando infine comprese il suo errore, si riconciliò con la moglie, ma io avevo decisamente perso il suo credito, e molto presto dovetti accorgermi che stava declinando anche la mia fortuna presso l'Imperatore, che si lasciava influenzare veramente troppo da quel favorito.

Capitolo VII

L'Autore, informato di un complotto per accusarlo di alto tradimento, trova scampo a Blefuscu – Sua accoglienza laggiù

Prima di passare a darvi conto della mia partenza da quel regno è forse meglio che informi il lettore di un segreto intrigo che per due mesi sono andati organizzando contro di me.

Ero stato fino ad allora, per tutta la mia vita, estraneo alle corti, alle quali del resto non avevo accesso per la modestia delle mie condizioni. In verità avevo sentito e letto abbastanza dell'indole dei grandi principi e ministri; ma non mi sarei mai aspettato di trovarne così nefasti effetti in un paese tanto remoto, governato, come pensavo, da massime tanto differenti da quelle d'Europa.

Quando mi stavo appunto preparando a rendere omaggio all'Imperatore di Blefuscu, un importante personaggio di Corte (per il quale mi ero molto adoperato una volta che era caduto gravemente in disgrazia presso Sua Maestà) venne una notte a casa mia in gran segreto, in lettiga chiusa, e domandò udienza senza dire il proprio nome; congedati i lettighieri, infilai la lettiga, con dentro Sua Signoria, nella tasca della giacca e, dato ordine a un servo di fiducia di dire che ero indisposto e andavo a dormire, sbarrai la porta di casa, posai la portantina sulla tavola come facevo abitualmente e vi sedetti accanto.

Dopo i soliti convenevoli, vedendo l'espressione tanto preoccupata di Sua Signoria gliene chiesi il motivo, e lui mi pregò di ascoltarlo con pazienza, su una questione che riguardava molto da vicino il mio onore e la mia stessa vita. Il senso del suo discorso fu esattamente il seguente, ne presi nota appena mi lasciò.

– Deve sapere – disse – che ultimamente sono state convocate con la massima segretezza parecchie riunioni di Consiglio per discutere di lei: e due giorni fa Sua Maestà ha preso una decisione definitiva.

– Lei sa benissimo che Skyris Bolgolam (*Galbet*, ossia grande ammiraglio) è stato suo mortale nemico fin dal suo arrivo. Non so che motivo avesse all'inizio, ma certo il suo odio si è accresciuto col grande trionfo contro Blefuscu, che ha offuscato la sua gloria come ammiraglio. Dunque, questo signore, in combutta con Flimnap, il grande tesoriere, la cui inimicizia verso di lei per via della sua signora è arcinota, con Limtoc, il generale, Lalcon, il ciambellano, e Balmuff, il giudice supremo, ha preparato dei capi d'accusa contro di lei, per tradimento e altri delitti capitali.

Questo inizio mi rese così pieno di sdegno, poiché ero ben consapevole dei miei meriti e della mia innocenza, che lo stavo per interrompere; ma egli mi invitò a restare in silenzio e continuò.

– Per la riconoscenza che le debbo per i favori che mi ha reso, ho cercato di procurarmi informazioni su tutto l'intrigo e una copia dei capi d'accusa, rischiando la testa per lei.

Capi d'accusa contro Quinbus Flestrin (l'uomo-montagna)

Capo I

Premesso che in uno statuto redatto sotto il regno di Sua Maestà Imperiale Calin Deffar Pline è stabilito che chiunque spanda acqua nel recinto del palazzo imperiale è soggetto alle pene e alle ammende per alto tradimento; e premesso che ciò nonostante il suddetto Quinbus Flestrin, in aperta violazione della sopraddetta legge col pretesto di estinguere il fuoco appiccatosi nell'appartamento della dilettissima Imperial Consorte di Sua Maestà, agì maliziosamente, proditoriamente e diabolicamente, ed estinse il sopraddetto fuoco nel sopraddetto appartamento, situato nel recinto del sopraddetto palazzo reale scaricando la sua orina contro il regolamento previsto nel caso, contro il dovere, eccetera, eccetera...

Capo II

Premesso che il suddetto Quinbus Flestrin, avendo condotto la flotta imperiale di Blefuscu nel porto reale e avendo avuto successivamente l'ordine da Sua Maestà Imperiale di catturare tutte le altre navi del suddetto impero di Blefuscu e di ridurre questo impero a una provincia che potesse essere governata da un viceré, da qui, e di annientare e mandare a morte non solo tutti gli esiliati di quelli-della-parte-grossa, ma anche tutta la popolazione di questo impero non disposta ad abbandonare immediatamente l'eresia di quelli-della-parte-grossa. E premesso che egli, il suddetto Quinbus Flestrin, comportandosi da falso traditore verso la nostra serenissima beneaugurante Maestà Imperiale, avanzò una petizione per essere esonerato dal suddetto servizio, con il pretesto di una sua riluttanza a forzare le coscienze o a distruggere la libertà e la vita di persone innocenti...

Capo III

Premesso che quando arrivarono alla Corte di Sua Maestà degli ambasciatori dalla Corte di Blefuscu a impetrare la pace, egli, il suddetto Flestrin, da falso traditore diede aiuto, incitamento, conforto e svago ai suddetti ambasciatori, benché li sapesse al servizio di un principe che fino a poco prima era aperto nemico di Sua Maestà Imperiale e in aperta guerra contro la suddetta Maestà...

Capo IV

Premesso che il suddetto Quinbus Flestrin, contravvenendo al dovere di un suddito fedele, sta ora preparando un viaggio alla Corte dell'impero di Blefuscu, per il quale ha ricevuto solo un assenso verbale da Sua Maestà Imperiale; e appigliandosi al suddetto assenso, falsamente e proditoriamente, intende compiere il suddetto viaggio e con ciò intende aiutare, confortare, e istigare l'Imperatore di Blefuscu, fino a poco fa nemico e in aperta guerra con Sua Maestà Imperiale come detto sopra...

– Seguono altri capi d'accusa, ma questi di cui le ho letto l'essenziale sono i più importanti.

– Si deve ammettere che nei diversi dibattiti su questo procedimento d'accusa Sua Maestà ha dato molte prove della sua grande clemenza, adducendo spesso i servigi che lei gli ha reso e cercando di attenuare i crimini. Il tesoriere e l'ammiraglio insistevano che la si dovesse condannare alla più dolorosa e ignominiosa morte, appiccando fuoco alla sua casa durante la notte; e il generale avrebbe cooperato con ventimila uomini armati di frecce avvelenate, da scagliarle in faccia e sulle mani. Alcuni dei suoi servi avrebbero dovuto ricevere l'ordine segreto di impregnarle camicie e lenzuola di succhi velenosi che l'avrebbero portata a morire tra le peggiori torture, con le carni straziate. Il generale si dichiarò dello stesso avviso; sicché per lungo tempo ci fu una maggioranza contro di lei. Ma Sua Maestà, risoluto a salvarle, se possibile, la vita tirò dalla sua il ciambellano.

– Dopo questo episodio, Reldresal, primo segretario per gli affari privati, che sempre ha dato prova di esserle amico sincero, ebbe dall'Imperatore l'ordine di esternare il proprio parere, e lo fece subito, dando conferma della buona opinione che lei ha di lui.

– Ammise che i suoi crimini erano gravi, però trovava che c'era ancora spazio per la misericordia, la virtù più commendabile in un principe, per la quale, del resto, Sua Maestà è tanto giustamente famoso.

– L'amicizia tra voi due era così universalmente conosciuta, disse, che forse il molto onorevole consesso avrebbe potuto ritenerlo parziale: tuttavia, in obbedienza al comando ricevuto, voleva esporre sinceramente il proprio pensiero. Se Sua Maestà, in considerazione dei servigi da lei resi e assecondando la propria natura incline alla misericordia, si fosse compiaciuto di salvarle la vita e avesse dato ordine di cavarle soltanto gli occhi, egli umilmente riteneva che con tale espediente la giustizia avrebbe potuto, in una certa misura, venir soddisfatta, e il mondo intero avrebbe applaudito la clemenza dell'Imperatore e il generoso procedere di coloro che hanno l'onore di essere suoi consiglieri.

– Aggiunse che la perdita degli occhi non avrebbe intaccato in alcun modo la sua forza fisica, con la quale lei potrebbe essere ancora utile a Sua Maestà. Disse che la cecità nascondendo i pericoli rafforza il coraggio, che infatti la paura per i suoi occhi aveva rappresentato la difficoltà maggiore durante la cattura della flotta nemica, e che sarebbe stato sufficiente per lei vedere attraverso gli occhi dei ministri, dal momento che i più grandi principi fanno altrettanto.

– Questa proposta ricevette la più totale disapprovazione da parte dell'intera assemblea.

– Bolgolam, l'ammiraglio, non si poté trattenere e saltando su di furia disse di essere stupito che il segretario avesse l'ardire e la presunzione di avanzare l'idea di salvare la vita a un traditore; che i servigi da lei resi erano, secondo i principi di una corretta ragion di Stato, l'aggravante maggiore per i suoi crimini; che uno come lei, che fu capace di estinguere il fuoco scaricando orina sull'appartamento di Sua Maestà l'Imperatrice (il che menzionò con orrore) potrebbe, un'altra volta, con i medesimi mezzi provocare un'inondazione e sommergere l'intero palazzo; che la stessa forza che le ha permesso di portarsi appresso la flotta del nemico potrebbe servire, al primo scontento, a riportarla indietro; che aveva buone ragioni per pensare che in cuor suo lei sia uno di quelli-della-parte-grossa e che quindi, poiché il tradimento comincia nel cuore e poi sfocia in azioni scoperte, per tale considerazione egli l'accusava di tradimento e perciò insisteva che la si dovesse mandare a morte.

– Il tesoriere fu della medesima opinione; dimostrò come si fossero impoverite le entrate di Sua Maestà per il peso del suo mantenimento, che in breve sarebbe divenuto insopportabile; come l'espediente del segretario di cavarle gli occhi fosse ben lontano dall'essere un rimedio a tale danno, anzi l'avrebbe probabilmente aumentato, secondo quanto insegna chiaramente la comune pratica di accecare certi tipi di volatili che dopo di ciò mangiano di più e ingrassano più in fretta; disse che la Sacra Maestà e il Consiglio, cioè i suoi giudici, erano in coscienza del tutto convinti della sua colpevolezza e questo doveva essere motivo sufficiente per condannarla a morte, senza le "prove formali richieste a stretto rigore di legge".

– Ma Sua Maestà Imperiale, fermamente determinato contro la pena capitale, graziosamente si compiacque di dire che, dal momento che il Consiglio riteneva lo strappo degli occhi una pena troppo debole, potevano esserne inflitte altre in aggiunta.

– E il suo amico segretario umilmente chiese di venire ascoltato di nuovo, in risposta a ciò che il gran tesoriere aveva obiettato, riguardo al forte gravame che Sua Maestà aveva per il suo mantenimento; disse che Sua Eccellenza, il solo a poter disporre delle rendite dell'Imperatore, potrebbe facilmente provvedere contro questo danno diminuendo gradualmente gli stanziamenti per lei; e così, per carenza di cibo, lei diventerebbe sempre più debole e malfermo, perderebbe l'appetito, conseguentemente avrebbe un continuo decadimento e si consumerebbe in pochi mesi; e il fetore della sua carcassa non sarebbe più così pericoloso, quando la sua mole fosse diminuita di oltre la metà; e cinque o seimila sudditi di Sua Maestà, immediatamente dopo la sua morte, in soli due o tre giorni, potrebbero staccare la sua carne dalle ossa, portarla via con carriaggi da carico e sotterrarla in zone remote, onde prevenire un'infezione; mentre lo scheletro potrebbe rimanere, quale monumento a gloria dei posteri.

– Così, per l'amicizia del segretario, tutto si è risolto in un compromesso. È stato dato l'ordine tassativo che il progetto di farla morire pian piano di fame fosse mantenuto segreto, mentre è andata a verbale la sentenza dello strappo degli occhi; nessuno si oppose, eccetto Bolgolam, l'ammiraglio, che essendo un suo creato veniva continuamente istigato a insistere per la morte da Sua Maestà l'Imperatrice, che aveva concepito un odio perpetuo per via di quel metodo ignobile e illegale da lei seguito per spegnere l'incendio del suo appartamento.

– Fra tre giorni il suo amico segretario sarà inviato a casa sua: prima le leggerà i capi d'accusa e poi le comunicherà la grande clemenza e il favore di Sua Maestà e del Consiglio, grazie ai quali lei è condannato soltanto alla perdita degli occhi, cui Sua Maestà non dubita lei vorrà sottomettersi con animo umile e grato. Presenzieranno venti chirurghi di Sua Maestà, per controllare che l'operazione sia eseguita bene, mediante il lancio di frecce molto appuntite nelle palle degli occhi, mentre lei sarà steso per terra.

– Lascio alla sua prudenza la scelta delle misure da prendere e per evitare sospetti me ne riandrò via immediatamente, con la stessa segretezza con cui sono venuto.

Sua Signoria così fece e io rimasi solo, con la mente piena di dubbi e di perplessità.

Secondo un costume introdotto da quel principe e dai suoi ministri (assai differente, a quanto mi hanno assicurato, dalla pratica dei tempi passati), dopo che la Corte aveva decretato qualche crudele esecuzione per soddisfare un risentimento del monarca o la malvagità di un favorito, l'Imperatore teneva sempre un discorso all'intero Consiglio per mettere in risalto la sua grande clemenza e sensibilità, qualità che tutto il mondo gli riconosceva e apprezzava. Questo discorso era immediatamente reso pubblico in tutto il regno e nulla terrificava il popolo più di questo encomio della misericordia di Sua Maestà, perché si era notato che quanto più queste lodi erano ampie e insistite, tanto più inumana era la pena e più innocente chi la soffriva.

Tuttavia, quanto a me, devo confessare che non essendo destinato a essere un cortigiano, né per nascita né per educazione, ero un così cattivo giudice di queste cose che non potei scovare né clemenza né favore in quella sentenza, la ritenni anzi (forse sbagliando) più spietata che mite.

Per un po' pensai di affrontare il processo; perché, pur non potendo negare i fatti contestati in molti capi d'accusa, speravo che volessero concedermi delle attenuanti. Ma avendo in vita mia assistito a molti processi di Stato, che ho sempre visto terminare esattamente come i giudici pensavano conveniente che andasse, non mi fidai a prendere una così pericolosa decisione in una congiuntura tanto critica e di fronte a nemici tanto potenti.

Per un momento fui anche fortemente propenso a opporre resistenza; finché ero libero, infatti, l'intera potenza di quell'impero a stento avrebbe potuto sottomettermi, potevo facilmente, con delle pietre, ridurre in pezzi la capitale; ma respinsi subito tale progetto con orrore, ricordando il giuramento che avevo fatto all'Imperatore, i favori che avevo ricevuto da lui e l'alto titolo di *nardac* che mi aveva conferito. Non avevo imparato abbastanza, in così poco tempo, la gratitudine dei cortigiani, per convincermi che l'attuale durezza di Sua Maestà mi affrancasse da ogni obbligo passato.

Alla fine mi decisi per una soluzione per la quale è probabile possa

incappare in qualche critica non proprio ingiustificata, perché, lo confesso, sono debitore della salvezza dei miei occhi e conseguentemente della mia libertà, alla temerarietà e alla mancanza di esperienza: se io avessi allora conosciuto la natura dei principi e dei ministri, che poi ho avuto modo di analizzare in molte altre corti, e i metodi con cui essi trattano criminali anche meno pericolosi di me, mi sarei sottoposto con molta alacrità e prontezza a una così "leggera" punizione. Ma spinto alla fretta dalla impetuosità della gioventù e con la licenza di Sua Maestà Imperiale per recarmi a porgere omaggio all'Imperatore di Blefuscu, prima che i tre giorni fossero trascorsi colsi l'opportunità di mandare una lettera al mio amico segretario, manifestandogli la mia risoluzione di partire quella mattina per Blefuscu in conformità al permesso che avevo ottenuto; e senza aspettar risposta, andai dalla parte dell'isola dove stava la flotta.

Presi una grande nave da guerra, assicurai una fune a prua e tirate su le ancore mi spogliai, gettai i miei abiti nel vascello (assieme alla coperta che mi ero portata sotto il braccio) e trascinandomelo dietro, un po' a guado e un po' a nuoto arrivai al porto reale di Blefuscu, dove la popolazione mi stava aspettando da tempo.

Mi fornirono due guide per condurmi alla capitale, che ha lo stesso nome. Io le sorressi nella mia mano fino a che, arrivati a duecento iarde dalla porta, chiesi loro di annunciare il mio arrivo a uno dei segretari e di far sapere che avrei atteso lì gli ordini di Sua Maestà.

Mi portarono la risposta dopo un'ora: Sua Maestà stava venendo a ricevermi, accompagnato dalla Famiglia Reale e dai grandi dignitari di Corte.

Avanzai per un centinaio di iarde; l'Imperatore e il suo seguito scesero da cavallo, l'Imperatrice e le dame dai loro cocchi; e non notai che avessero alcun timore o preoccupazione. Mi stesi a terra per baciare la mano di Sua Maestà e dell'Imperatrice. Dissi a Sua Maestà che ero venuto per mantenere la mia promessa, con licenza dell'Imperatore mio signore, per aver l'onore di vedere un sì potente monarca e per offrirgli ogni servigio che fosse in mio potere, compatibilmente con i miei doveri verso il mio principe.

Non feci una sola parola della mia disgrazia, perché non ne avevo fin lì alcuna informazione ufficiale e potevo fingermi del tutto ignaro di quel complotto; né potevo ragionevolmente ritenere che l'Imperatore di

Lilliput rivelasse il segreto della mia condanna mentre ero fuori della sua giurisdizione: su ciò, tuttavia, si vide presto che mi ero ingannato.

Non tedierò il lettore col racconto particolareggiato di come fui accolto in quella Corte, che fu in armonia con la generosità di un sì gran principe, né delle difficoltà che incontrai per la mancanza di una casa e di un letto, costretto a giacere per terra, avvolto nella mia coperta.

Capitolo VIII

L'Autore, per un fortunato accidente, trova modo di lasciare Blefuscu; e dopo alcune difficoltà ritorna sano e salvo al suo paese natio

Tre giorni dopo il mio arrivo, passeggiando per curiosità sulla costa nord-est dell'isola, notai sul mare, a circa mezza lega, qualcosa che sembrava simile a una barca rovesciata: mi tolsi calze e scarpe e andando a guado per due o trecento iarde trovai che l'oggetto si avvicinava per la forza della marea; dopo poco vidi chiaramente che era davvero una barca e supposi che qualche tempesta potesse averla strappata via da una nave.

Allora tornai immediatamente verso la città e chiesi a Sua Maestà Imperiale di prestarmi trenta dei maggiori vascelli che gli erano rimasti dopo la perdita della flotta e tremila marinai sotto il comando del suo viceammiraglio. La flotta dovette girare torno costa, mentre io tagliai per la via più breve verso il punto dove avevo scoperto la barca.

Notai che la marea l'aveva spinta ancor più vicina. I marinai erano tutti provvisti di cordami che io avevo già attorcigliato insieme perché acquistassero una sufficiente robustezza.

Quando le navi arrivarono, mi spogliai e andai a guado fino a un centinaio di iarde dalla barca, dopo di che fui costretto a nuotare per raggiungerla. I marinai mi lanciarono un capo della cima che assicurai al foro sulla parte anteriore della barca, e legai l'altro a una nave da guerra; ma vidi che tutto il mio sforzo dava scarso risultato poiché, non toccando il fondo, non ero capace di lavorare bene.

In tale frangente fui costretto a nuotare dietro la barca, spingendola avanti con una mano più spesso che potevo, e con la marea in favore avanzai fino a poter tenere il mento a pelo d'acqua pur appoggiando i piedi sul fondale.

Riposai due o tre minuti e diedi alla barca un'altra spinta, e così procedetti fino a che il mare mi arrivò alle ascelle.

Superata oramai la parte più faticosa, tirai fuori gli altri cavi che avevo stipato in una delle navi, li legai prima alla barca e poi a nove dei vascelli che mi scortavano; il vento era favorevole, i marinai trainavano, io spingevo, e arrivammo a quaranta iarde dalla riva; aspettata la bassa marea, tirai la barca all'asciutto e con l'aiuto di duemila uomini, con funi e marchingegni la rigirai all'insù e scoprii che era appena un po' danneggiata.

Non tedierò il lettore con le difficoltà che affrontai, con l'aiuto di certi remi la cui fabbricazione mi era costata dieci giorni di lavoro, per trasferire la barca al porto reale di Blefuscu, dove al mio arrivo si radunò un imponente concorso di popolo, pieno di meraviglia alla vista di un sì portentoso vascello.

Dissi all'Imperatore che la mia buona sorte aveva gettato quella barca sul mio cammino per condurmi da qualche parte da dove potessi tornare al mio paese natio; e implorai Sua Maestà che mi concedesse di procurarmi i materiali per allestirla e il permesso per partire, che dopo alcune cortesi rimostranze egli si compiacque di accordarmi.

Io mi meravigliavo moltissimo, intanto, che non mi giungesse notizia di alcun messaggio mandato alla Corte di Blefuscu dal nostro Imperatore di Lilliput a mio riguardo. Più tardi mi fu dato di sapere, per via confidenziale, che Sua Maestà Imperiale, mai immaginando che io avessi avuto la benché minima avvisaglia del suo complotto, credeva fossi andato a Blefuscu per adempiere alla mia promessa, in conformità alla licenza da lui stesso concessa e nota a tutta la nostra Corte, e che sarei ritornato in pochi giorni, appena le cerimonie ufficiali fossero terminate. Alla fine però si preoccupò, perché la mia assenza era troppo lunga e, dopo essersi consultato con il tesoriere e con il resto della banda, inviò un personaggio di alto rango con la copia dei capi d'accusa contro di me.

L'inviato aveva mandato di far notare al monarca di Blefuscu la grande clemenza del Suo Signore, che si era accontentato di punirmi semplicemente con la privazione della vista, e di informarlo che io ero sfuggito alla giustizia, e che se non tornavo entro due ore sarei stato privato del titolo di *nardac* e dichiarato traditore. L'inviato aggiunse inoltre che, allo scopo di mantenere la pace e l'amicizia tra i due imperi, il Suo Signore si aspettava che il Suo Fratello di Blefuscu avrebbe dato ordine di rimandarmi indietro a Lilliput, legato mani e piedi, per essere punito come traditore.

L'Imperatore di Blefuscu, presosi tre giorni per riflettere, diede una risposta zeppa di convenevoli e scuse. Quanto a rimandarmi indietro legato, disse, il Suo Imperiale Fratello sapeva che era impossibile: anche se l'avevo privato della flotta, egli si riteneva molto in obbligo verso di me per i tanti buoni servigi che gli avevo reso nelle trattative di pace.

Comunque, disse, entrambe le Loro Maestà si sarebbero in breve liberate di me, perché avevo trovato vicino a riva un prodigioso vascello capace di trasportarmi sul mare, che egli stesso aveva ordinato di allestire con il mio aiuto e sotto le mie direttive, e quindi

sperava che in poche settimane tutti e due gli imperi si sarebbero sgravati di una presenza tanto ingombrante e insostenibile.

L'inviato ritornò a Lilliput con questa risposta e il monarca di Blefuscu mi riferì tutto quanto era successo, offrendomi al contempo (ma in gran confidenza) la sua graziosa protezione se avessi voluto restare al suo servizio; quanto a ciò, benché lo credessi sincero, avevo ormai deciso di non riporre più alcuna fiducia in principi o ministri quando lo potevo evitare e, quindi, con i dovuti ringraziamenti per le sue benevole intenzioni, gli chiesi umilmente di scusarmi. Gli dissi che, dal momento che la sorte, buona o cattiva che fosse, aveva gettato sul mio cammino un vascello, ero deciso ad avventurarmi nell'oceano piuttosto che essere occasione di controversie tra due così potenti monarchi. E l'Imperatore non mi parve affatto dispiaciuto; anzi, per un caso fortuito scoprii che era molto felice della mia decisione, come lo erano la maggior parte dei suoi ministri.

Queste considerazioni mi indussero ad affrettare ancor più la partenza rispetto al previsto; e la Corte, impaziente che me ne andassi, contribuì con slancio.

Cinquecento lavoratori vennero adibiti a fabbricare due vele per la mia barca, secondo le mie direttive, trapuntando insieme tredici strati della loro tela più robusta.

Feci una gran fatica a fabbricare cavi e gomene, attorcigliando insieme dieci, venti, trenta delle più grosse e forti delle loro. Una grande pietra che riuscii a trovare dopo una lunga ricerca sulla riva mi servì da ancora.

Ebbi il sego di trecento vacche per ingrassare la barca e per altri usi. Trovai incredibili difficoltà nel tagliare alcune delle più grandi piante per farne remi e albero, benché fossi comunque assistito dai carpentieri navali di Sua Maestà, che mi aiutavano a levigarli dopo che io avevo sbozzato il lavoro.

Passato un mese, quando tutto fu pronto, mandai a chiedere ordini a Sua Maestà e il permesso di prendere commiato.

L'Imperatore e la Famiglia Reale uscirono dal palazzo: io mi stesi faccia a terra per baciare la mano che egli molto benignamente mi porgeva e altrettanto fecero l'Imperatrice e i giovani Principi del Sangue. Sua Maestà mi donò cinquanta borse di duecento *sprugs* ciascuna e un suo ritratto a figura intera, che infilai immediatamente in uno dei miei guanti per proteggerlo da ogni possibile scalfittura.

Le cerimonie per la mia partenza furono tante che se le raccontassi annoierei troppo il lettore.

Rifornii la barca con un centinaio di buoi e trecento pecore macellate, pane e bevande in proporzione e tutti i cibi che quattrocento cuochi erano riusciti a cucinare. Presi con me sei vacche e due tori vivi e altrettante pecore e montoni, con l'intenzione di portarle al mio paese e riprodurre la razza. E per nutrirli a bordo mi portai un buon cumulo di fieno e un sacco di grano.

Mi sarebbe piaciuto portarmi appresso una dozzina di nativi; ma era una cosa che l'Imperatore non avrebbe permesso in alcun modo: non bastandogli una diligente perquisizione delle mie tasche, Sua Maestà mi fece dare la parola d'onore che non portavo via nessuno dei suoi sudditi, neppure col loro consenso o su loro richiesta.

Preparata dunque ogni cosa come meglio ero stato capace, misi vela il giorno 24 settembre 1701, alle sei di mattina; e quando fui a circa quattro leghe verso nord, con un vento di sud-est, alle sei di sera, distinsi una piccola isola a mezza lega a nord-ovest.

Mi ci diressi e gettai l'ancora nella parte dell'isola sottovento, che sembrava disabitata. Mi ristorai un po' e mi misi a riposare.

Dormii bene, almeno sei ore, come calcolai; perché fu giorno solo due ore dopo il mio risveglio. Era una notte chiara; feci colazione prima del levar del sole e alzata l'ancora, essendo il vento favorevole, governai nella stessa rotta che avevo tenuto il giorno prima, guidato dalla bussola tascabile.

Era mia intenzione raggiungere, se possibile, una di quelle isole che avevo ragione di credere si trovassero a nord-est della terra di Van Diemen. Per tutto quel giorno non scorsi nulla, ma nel successivo, alle tre del pomeriggio, quando secondo i miei calcoli avevo percorso ventiquattro leghe da Blefuscu, distinsi una vela che puntava a sud-est; la mia rotta era in direzione est.

Lanciai richiami, ma non ebbi risposta; tuttavia mi accorsi che guadagnavo vantaggio, perché il vento si era allentato. Misi tutta la vela che potei e in mezz'ora mi avvistarono, alzarono una bandiera e spararono un colpo. Non è facile esprimere la gioia che mi invase per l'inaspettata speranza di tornare a rivedere il mio amato paese e i cari pegni d'affetto che vi avevo lasciato.

La nave allentò le vele e io la raggiunsi tra le cinque e le sei di sera del 26 settembre: il mio cuore ebbe un gran balzo vedendo la bandiera inglese. Misi vacche e pecore nella tasca della giacca e salii a bordo con il mio carico di provviste.

La nave era un grande mercantile inglese che tornava dal Giappone attraverso i mari del nord e del sud; il capitano era il signor John Biddel di Deptford, uomo molto civile ed eccellente marinaio. Eravamo ora alla latitudine di 30 gradi sud; sulla nave c'erano una cinquantina di uomini; tra cui trovai un antico compagno, tale Peter Williams, che diede di me ottime referenze al capitano.

Quel gentiluomo mi trattò con cortesia e mi chiese se gli volevo dire quale fosse l'ultimo luogo donde venivo e dove ero diretto, il che feci in poche parole; ma egli pensò che vaneggiassi e che i pericoli cui ero stato esposto mi avessero fatto andare via di testa; quindi dovetti tirar fuori dalla tasca bovini e pecore, che dopo un primo grande stupore, chiaramente lo convinsero della mia veridicità.

Gli mostrai poi l'oro datomi dall'Imperatore di Blefuscu insieme al ritratto di Sua Maestà a figura intera e ad altre rarità di quel paese. Gli diedi due borse di duecento *sprugs* ciascuna, e gli promisi che, giunti in Inghilterra, gli avrei fatto dono di una vacca e di una pecora in attesa di piccoli.

Non annoierò il lettore con il racconto particolareggiato di quel viaggio, che fu per la maggior parte molto fortunato. Arrivammo ai Downs il 13 aprile 1702. Io ebbi solo una sfortuna: i ratti di bordo si presero una delle mie pecore, trovai le sue ossa in un buco, tutte ripulite dalla carne.

Il resto del mio bestiame lo portai salvo a terra e gli trovai un pascolo in un campo di bocce a Greenwich, dove la finezza del prato gli mise gran voglia di mangiare, contrariamente a quanto avevo temuto: certo non avrei potuto preservare gli animali in un così lungo viaggio se il capitano non mi avesse concesso alcuni dei suoi migliori biscotti, che tritati in polvere e impastati con acqua furono il loro cibo quotidiano.

Nel breve tempo che restai in Inghilterra trassi un consistente profitto mostrando il mio bestiame a molte persone di qualità e ad altri, e prima di incominciare il mio secondo viaggio lo vendetti per seicento sterline. Trovo che l'allevamento si è considerevolmente accresciuto dall'ultimo mio ritorno, specialmente le pecore, che spero porteranno grande vantaggio alle manifatture laniere per la finezza dei velli.

Stetti solo due mesi con mia moglie e la famiglia, perché il mio insaziabile desiderio di vedere paesi stranieri non mi poteva permettere di resistere più a lungo.

Lasciai millecinquecento sterline a mia moglie e la sistemai in una bella casa a Redriff. Il resto dei miei averi lo portai con me, parte in danaro parte in beni, con la speranza di aumentare le mie fortune.

Il vecchio zio John mi aveva lasciato una proprietà fondiaria vicino a Epping che rendeva circa trenta sterline l'anno e avevo in affitto a lungo termine il "Toro nero", in Fetter-lane, che mi fruttava anche di più. Cosicché non correvo il pericolo di lasciare la mia famiglia a carico della parrocchia.

Mio figlio Johnny, chiamato così per lo zio, frequentava la scuola secondaria ed era un ragazzo molto versato. Mia figlia Betty (che è ora ben maritata e ha due figli) era allora ai suoi imparaticci d'ago.

Presi commiato da mia moglie, dal bambino e dalla bambina, con lacrime d'ambo le parti; e andai a bordo dell'Adventure, comandata dal capitano John Nicholas di Liverpool. Ma il resoconto di quel viaggio deve essere rimandato alla seconda parte dei "Viaggi".

Parte Seconda
Viaggio a Brobdingnag

Capitolo I

Descrizione di una grande tempesta – La lancia è inviata a prendere acqua e l'Autore si aggrega per esplorare il paese – Abbandonato sulla riva, viene catturato da uno dei nativi e condotto a una fattoria – Come è accolto e i vari accidenti che gli accadono – Descrizione degli abitanti.

Condannato dalla natura e dalla sorte a una vita irrequieta e senza sosta, due mesi dopo il mio ritorno lasciai di nuovo il paese natio e il giorno 20 giugno del 1702 mi imbarcai ai Downs, sull'Adventure, comandata dal capitano John Nicolas, uomo della Cornovaglia, diretta a Surat.

Un gagliardo vento favorevole ci portò fino al Capo di Buona Speranza, dove scendemmo a terra per prendere acqua fresca. Ma, scoperta una falla, sbarcammo le nostre merci e svernammo là; ammalatosi il comandante di febbri malariche, non potemmo infatti lasciare il Capo che a marzo. Dopo di che mettemmo vela e facemmo buon viaggio fin oltre lo stretto di Madagascar.

Ma raggiunto il nord dell'isola, a circa cinque gradi di latitudine sud, il 19 aprile, i venti, che in quei mari come è noto soffiano con forza costante tra nord e ovest dall'inizio di dicembre all'inizio di maggio, cominciarono a soffiare con una violenza molto maggiore del solito e più verso ovest; e così continuarono per venti giorni consecutivi, durante i quali fummo spinti un po' a est delle isole Molucche, circa tre gradi a nord della linea equatoriale, come il nostro capitano scoprì da una rilevazione che effettuò il 2 maggio, giorno in cui il vento cessò e ci fu una calma perfetta, del che io mi rallegrai non poco.

Lui, invece, che era un uomo espertissimo della navigazione in quei mari, ordinò di prepararci tutti a combattere una tempesta, che puntualmente arrivò il giorno seguente, quando cominciò a montare un vento dal meridione, chiamato il monsone del sud.

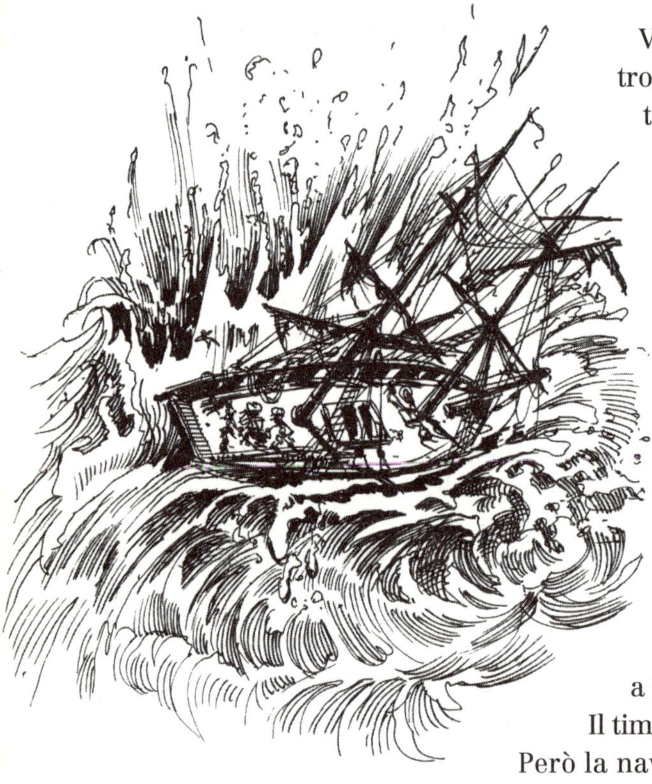

Visto che il monsone soffiava troppo violento, riducemmo la controranda e ci tenemmo pronti a serrare la vela di trinchetto, ma dovendo fronteggiare un tempo pessimo, controllammo che i cannoni fossero tutti assicurati e ammainammo la mezzana.

La nave scarrocciava, così pensammo fosse meglio correre davanti al mare, anziché farsi piegare troppo o togliere tutte le vele. Mettemmo i terzaroli alla vela di trinchetto, la fissammo e ne alammo la scotta a poppa.

Il timone faticava a stringere il vento. Però la nave resisteva coraggiosamente.

Fissammo la drizza di trinchetto, ma la vela si squarciò, sicché tirammo giù il pennone, recuperammo la vela a bordo della nave e, sciolto tutto, la togliemmo completamente.

Era una tempesta terribile; il mare frangeva anomalo e pericoloso. Tendemmo una cima alla barra del timone per aiutare il timoniere. Non volemmo ammainare la vela dell'albero di gabbia, ma la lasciammo tutta su, perché ci faceva filar via bene davanti alle onde; con la vela dell'albero di gabbia issata la nave era più stabile e si sarebbe fatta strada un po' meglio nel mare, visto che di mare aperto davanti a noi ne vedevamo tanto.

Quando la tempesta fu passata, mettemmo le vele di trinchetto e di maestra e stabilizzammo la nave. Poi issammo la mezzana, le gabbie di maestra e di trinchetto.

La nostra rotta era est-nord-est, il vento era da sud-ovest. Tirammo le cime sulla murata di dritta, allentammo i bracci di sopravvento e gli amantigli, tendemmo i bracci di sottovento e spostammo in avanti le gasse di sopravvento, le tendemmo e le assicurammo, e infine alammo controvento le drizze della mezzana e la tenemmo gonfia e stretta al vento il più possibile.

Secondo i miei calcoli durante la tempesta e il forte vento da ovest-sud-ovest che la seguì, fummo trascinati verso est per circa cinquecento leghe, tanto che il più vecchio dei marinai di bordo non sapeva dire in quale parte del mondo fossimo.

Le provviste si erano mantenute bene, la nave era affidabile e la ciurma tutta in buona salute; ma per l'acqua eravamo nella peggiore angoscia.

Pensammo che fosse meglio tenere la stessa rotta anziché piegare più a nord, il che ci avrebbe potuto far finire nelle zone nord-occidentali della grande Tartaria e nei mari glaciali.

Il 16 giugno 1703, il mozzo di vedetta in cima all'albero maestro avvistò terra. Il 17 giungemmo a distinguere chiaramente una grande isola, o un continente (non sapevamo se fosse l'una o l'altro), nella cui parte sud c'erano una lingua di terra che si sporgeva nel mare e una cala, troppo poco profonda per contenere una nave di un centinaio di tonnellate.

Gettammo l'ancora a una lega dalla cala e il capitano mandò con la lancia una dozzina di uomini bene armati, con recipienti per l'acqua nel caso fossero riusciti a trovarne. Io gli chiesi il permesso di andare con loro, per dare un'occhiata al paese e vedere cosa potevo scoprire.

Quando giungemmo a terra non vedemmo né fiumi né sorgenti né alcuna traccia di abitanti. Gli uomini andarono in giro per la spiaggia a cercare acqua fresca, senza allontanarsi dal mare, io invece mi inoltrai da solo verso l'interno per un miglio e vidi che il paese era tutto arido e roccioso.

Ormai cominciavo a sentirmi stanco e non vedendo nulla che stuzzicasse la mia curiosità tornai indietro pian piano verso la cala; ma giunto di faccia al mare vidi che gli uomini erano già in barca e remavano a tutta forza cercando scampo sulla nave. Stavo per richiamarli urlando, anche se ciò mi sarebbe stato di ben scarsa utilità, quando mi resi conto che un'enorme creatura li inseguiva dentro il mare, con l'acqua che non le arrivava oltre le ginocchia, camminando più veloce che poteva, a passi sbalorditivi. I nostri uomini avevano però su quell'essere un vantaggio di mezza lega e il mare lì intorno era pieno di rocce dalle punte aguzze, per cui il mostro non fu capace di raggiungere la barca.

Questo me lo dissero in seguito, perché allora non osai stare a vedere la fine dell'avventura, ma ripercorsi più in fretta che potei la via che avevo preso prima e mi arrampicai per un'erta collina che mi permise un'ampia vista del paese. Scoprii che era tutto coltivato, ma ciò che mi sorprese di più fu la lunghezza dell'erba, che in quei terreni, che sembravano tenuti per far fieno, era di una ventina di piedi.

Mi ritrovai su una strada maestra, o meglio tale pensai che fosse, benché gli abitanti la usassero come sentiero per attraversare un campo d'orzo. Vi camminai per un certo tempo, ma non potevo vedere granché da nessuna delle due parti, poiché il grano, vicino al raccolto, era alto almeno quaranta piedi.

Camminai un'ora prima di giungere alla fine del campo che era cintato da una siepe alta sui centoventi piedi, e gli alberi erano così maestosi che non potevo calcolarne l'altezza. C'era uno scavalco per passare da quel campo a quello contiguo; aveva quattro scalini e una pietra da oltrepassare quando si era arrivati in cima. Per me era impossibile arrampicarmi su quella scala perché ogni gradino era di sei piedi e la pietra in alto era più di venti.

Stavo cercando di trovare qualche breccia nella siepe, quando scoprii che nel campo attiguo c'era, e si stava avvicinando alla scala, uno degli abitanti del luogo, della stessa dimensione di quello che avevo visto inseguire la barca in mare. Alto al pari della guglia di un campanile, faceva una decina di iarde a ogni passo, a quanto, più o meno, potei calcolare.

Sconvolto dal terrore e dallo sbalordimento, corsi a nascondermi nel grano, da dove lo potei osservare mentre, ormai in cima alla scala, guardava giù nel campo attiguo, verso destra, e lo udii gridare con una voce di molti gradi più potente di un megafono; il fragore rimbombava

...dovetti tirar fuori dalla tasca bovini e pecore, che dopo un primo grande stupore chiaramente lo convinsero della mia veridicità.

p. 87

Mi rialzai immediatamente e, osservando che quella buona gente era molto in ansia, presi il mio cappello (che per buona creanza tenevo sotto il braccio), lo agitai sopra la testa e lanciai tre urrà! a significare che dalla caduta non avevo riportato alcun danno.

p. 101

per l'aria così potente che sulle prime ritenni fosse un tuono. Dopo di che sette mostri come lui gli si avvicinarono con in mano dei falcetti per mietere, ogni falcetto era della grandezza di sei delle nostre falci.

Questi individui non erano così ben vestiti come il primo, del quale sembrava fossero i servi o i braccianti perché, dopo qualche parola che quello pronunciò, si avviarono a mietere il grano nel campo dove stavo io.

Mi tenni alla maggior distanza che potei, ma ero costretto a muovermi con estrema difficoltà, perché gli steli del grano erano a volte distanti non più di un piede, così che potevo a stento strizzarmi il corpo tra di essi. Nondimeno, con immane sforzo riuscii ad andare avanti fino a che giunsi in una parte del campo dove il grano era stato coricato dalla pioggia e dal vento: e lì mi fu impossibile avanzare d'un passo, perché gli steli erano così intrecciati che non potevo strisciarci in mezzo e le reste delle spighe cadute erano così dure e appuntite che, attraverso i vestiti, mi penetravano nella carne. Intanto udivo i mietitori a non più di un centinaio di iarde dietro di me.

Completamente sfinito dalla fatica e del tutto sopraffatto dall'angoscia e dalla disperazione, mi stesi giù tra due solchi e mi augurai di cuore di poter terminare subito i miei giorni.

Compiansi la mia vedova desolata e i miei figli senza padre, deplorai la mia follia e la mia ostinazione per aver intrapreso un secondo viaggio contro il parere di tutti i miei amici e parenti.

In questo terribile sconvolgimento interiore non potei, tuttavia, impedirmi di pensare a Lilliput, i cui abitanti mi guardavano come il più grande prodigio che fosse comparso nel mondo; dove ero stato capace di trascinare un'intera flotta imperiale con una mano e avevo compiuto alcune altre gesta che saranno ricordate per sempre nelle cronache di quell'impero e che la posterità stenterà persino a credere, benché siano attestate da milioni di uomini.

Riflettei su quale umiliazione avrei ora provato nell'apparire così insignificante in quella nazione, come un singolo lillipuziano lo sarebbe tra di noi. Ma mi resi conto che questa sarebbe stata la minore delle mie disgrazie; perché, se si è osservato che le creature umane sono tanto più selvagge e crudeli in proporzione alla loro mole, che cosa avrei potuto aspettarmi, se non d'essere un boccone nella bocca del primo di tali enormi barbari cui fosse riuscito di afferrarmi?

Senza dubbio i filosofi sono nel giusto quando ci dicono che nulla è grande o piccolo se non per comparazione: a suo piacere la Fortuna potrebbe far trovare ai lillipuziani qualche nazione con gente tanto più piccola rispetto a loro come loro lo sono rispetto a me. E chi sa se perfino questa smisurata razza di mortali non potrebbe essere ugualmente superata in grossezza in qualche remota parte del mondo che non abbiamo ancora scoperto?

Pur spaventato e confuso com'ero, non potevo trattenermi dall'andare avanti in tali riflessioni, quando uno dei mietitori, avvicinatosi a una decina di iarde dal solco dove stavo disteso, mi diede la percezione che al passo successivo sarei stato schiacciato a morte sotto il suo piede o tagliato in due dal suo falcetto. E perciò, quando fu di nuovo sul punto di muoversi, gridai con tutta la forza che il terrore mi dava. In conseguenza di che quell'enorme creatura arrestò il passo di colpo, guardò in basso intorno a sé per qualche momento, alla fine mi scoprì, appiattito per terra.

Rifletté per un po' con la circospezione di uno che cerca di acchiappare un piccolo animale nocivo in modo tale che non lo possa graffiare o mordere, come io stesso avevo talvolta fatto in Inghilterra con qualche donnola. Alla fine s'arrischiò a tirarmi su da dietro, strizzandomi in cintura tra l'indice e il pollice, e mi sollevò fino a tre iarde dai suoi occhi, per poter osservare bene il mio aspetto.

Io indovinavo quel che pensava, e la mia buona sorte mi diede tanta presenza di spirito che decisi di non lottare per niente mentre mi sollevava in aria fino a sei piedi da terra, benché mi stringesse dolorosamente ai fianchi per timore che gli sgusciassi di tra le dita.

Tutto ciò che azzardai fu d'alzare gli occhi al sole, congiungere le mani in posa supplice e pronunciare qualche parola in tono umile e triste, confacente alla situazione in cui ero. Perché temevo che da un momento all'altro mi scaraventasse a terra, come noi di solito facciamo con un qualsiasi animaletto odioso che abbiamo voglia di distruggere. Ma la mia buona stella fece sì che fosse piacevolmente colpito dalla mia voce e dai miei gesti, sicché cominciò a guardarmi come una rarità, molto stupito nell'udirmi pronunciare parole articolate, quantunque non le potesse comprendere.

Non fui capace di frenare gemiti e spargimenti di lacrime, né di impedirmi di volgere la testa verso i miei fianchi per fargli capire come meglio potevo quanto crudelmente soffrissi, così compresso tra il suo pollice e il suo indice. Ed egli sembrò comprendere il messaggio perché, piegata un po' in su la falda della giacca, mi pose delicatamente nella sacca formatasi e immediatamente corse a portarmi dal suo padrone, che era un agiato agricoltore, la stessa persona che avevo visto per primo nel campo.

L'agricoltore, ascoltato quel tanto che il servo su di me aveva saputo riferirgli (lo supposi dal loro confabulare), prese un pezzo di paglia delle dimensioni di un bastone da passeggio e con quella sollevò le falde della mia giacca, che sembrava ritenesse una sorta di involucro che la natura mi avesse dato. Mi soffiò i capelli da un lato per veder meglio la mia faccia.

Chiamò intorno i suoi garzoni di fattoria e chiese loro (come seppi in seguito) se avessero mai visto nei campi qualche piccola creatura che mi somigliasse. Poi mi posò dolcemente per terra carponi; ma io mi misi immediatamente dritto e camminai lentamente avanti e indietro, per fare capire a quella gente che non avevo alcuna intenzione di correre via.

Si sedettero tutti in cerchio attorno a me, per osservare meglio le mie mosse.

Mi tolsi il cappello e feci un profondo inchino verso l'agricoltore, mi gettai in ginocchio, levai in alto mani e occhi e dissi qualche parola più forte che potei, trassi di tasca una borsa piena d'oro e umilmente gliela offrii. Egli se la fece mettere nella palma della mano, poi se la portò vicino agli occhi per vedere cosa fosse, e la rigirò parecchie volte con la punta di uno spillo (che si tolse dalla manica) ma non ci capì nulla.

A quel punto gli feci segno che posasse la mano per terra: ripresi la borsa e apertala ne svuotai l'oro sulla sua palma. C'erano sei pezzi spagnoli da quattro pistole ciascuno, oltre a venti o trenta monete più piccole.

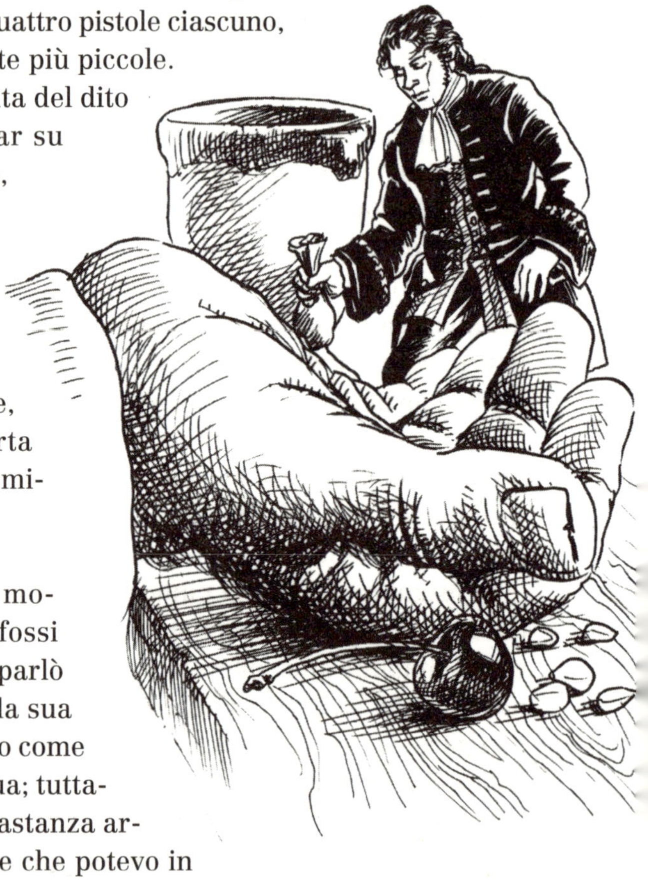

Lo vidi inumidirsi la punta del dito mignolo sulla lingua e tirar su una delle monete più grosse, poi un'altra; ma sembrava ignorare completamente che cosa fossero. Mi fece segno di metterle di nuovo nella borsa e la borsa di nuovo nella mia tasca; il che, dopo avergliene fatto offerta parecchie volte, ritenni la miglior cosa da fare.

L'agricoltore da quel momento fu convinto che io fossi una creatura razionale. Mi parlò più volte, e il frastuono della sua voce mi trafiggeva l'orecchio come quello di un mulino ad acqua; tuttavia le sue parole erano abbastanza articolate. Gli risposi più forte che potevo in diverse lingue ed egli più volte abbassò l'orecchio fino a un paio di iarde da me, ma tutto invano, perché ciascuno di noi risultava del tutto incomprensibile all'altro. Egli allora rimandò i servi al lavoro e tirato fuori il fazzoletto dalla tasca lo piegò in due, lo distese sulla propria mano che posò aperta sul terreno con la palma in su e mi fece segno di entraci dentro, il che potei fare agevolmente perché era non più d'un piede di spessore.

Pensai che mi toccava obbedire; e per timore di cadere mi sdraiai lungo disteso sul fazzoletto, nel quale per maggior sicurezza egli mi involse fino alla testa tirandomi poi su per le cocche, e in tal modo mi condusse a casa sua. Lì chiamò la moglie e mi mostrò a lei; ma lei urlò e diede un balzo all'indietro come fanno le donne in Inghilterra alla vista di un rospo o di un ragno. Comunque, dopo che ebbe osservato per un po' come mi comportavo e come obbedivo perfettamente ai cenni del marito, si mise subito in pace e, mano a mano, divenne molto tenera con me.

Era circa mezzogiorno e un servo portò il pranzo. Era un'unica portata di carne (perfettamente consona a un agricoltore di agiata condizione) in un piatto di circa ventiquattro piedi di diametro. I commensali erano l'agricoltore e la moglie, tre figli e una vecchia nonna.

Quando si furono messi seduti, l'agricoltore mi piazzò a una certa distanza da lui sulla tavola, che era alta trenta piedi dal pavimento. Io ero in un terribile spavento e mi tenevo il più lontano possibile dal bordo per paura di cadere.

La moglie sminuzzò un pezzetto di carne, poi sbriciolò del pane su un piatto di legno che mise davanti a me. Le feci un profondo inchino, tirai fuori il mio coltello e la mia forchetta e cominciai a mangiare; il che diede loro uno straordinario piacere.

La signora mandò la cameriera a prendere un bicchierino da liquore, che conteneva almeno due galloni, e lo riempì di una bevanda: con molta difficoltà sollevai il recipiente con entrambe le mani e bevvi nella maniera più rispettosa, alla salute di sua signoria, esprimendomi con parole inglesi, con la voce più alta possibile; il che fece ridere la compagnia così di cuore che fui quasi assordato dal chiasso. Quel liquido aveva il sapore simile a un leggero sidro e non era sgradevole.

Poi il signore mi fece cenno di avvicinarmi al suo piatto, ma siccome camminavo sulla tavola ancora tutto spaurito, e l'indulgente lettore potrà facilmente comprendere e scusare, mi capitò di inciampare contro una crosta e caddi disteso a faccia in giù; ma non mi feci male.

Mi rialzai immediatamente e, osservando che quella buona gente era molto in ansia, presi il mio cappello (che per buona creanza tenevo sotto il braccio), lo agitai sopra la testa e lanciai tre urrà! a significare che dalla caduta non avevo riportato alcun danno. E mentre avanzavo verso il mio padrone (come lo chiamerò da qui in avanti), il suo figliolo più giovane che gli sedeva accanto, un ragazzo dispettoso di una decina d'anni, mi prese per le gambe e mi tirò su per aria, tanto in alto che tremai per tutte le membra: ma suo padre mi liberò e nello stesso tempo gli mollò un tale ceffone sull'orecchio sinistro che avrebbe scaraventato a terra un intero squadrone di cavalleria dei nostri d'Europa, e ordinò che lo portassero via dalla tavola.

Temendo che il ragazzo si sentisse in dovere di farmi un altro dispetto e ricordando quanto da noi i ragazzi sono maligni per natura verso passeri, conigli, micetti e cagnolini, mi gettai in ginocchio e puntando il dito verso il ragazzo feci capire al mio padrone meglio che potei che gli chiedevo di perdonare suo figlio. Il padre accondiscese e il giovinetto tornò alla sua sedia; dopo di che io andai da lui e gli baciai la mano, che il mio padrone afferrò, costringendolo a farmi una gentile carezza.

A metà del pranzo la gatta favorita della mia padrona le saltò in grembo. Udii dietro di me un rumore quale potrebbero fare una dozzina di tessitori di calze al lavoro, e girando la testa scoprii che proveniva dalle fusa di quell'animale che mi sembrò tre volte più grosso di un bue, a quanto dedussi vedendo la testa e una delle zampe mentre la padrona lo nutriva e l'accarezzava. La ferocia dell'espressione di quella creatura finì di sconvolgermi, benché io stessi al lato opposto del tavolo, una cinquantina di piedi più in là, e benché la mia padrona la tenesse stretta per paura che potesse fare un balzo e afferrarmi coi suoi artigli.

Invece non corsi alcun rischio reale; perché la gatta non mi prestò la minima attenzione, nemmeno quando il mio padrone mi depose a tre iarde da lei. E siccome avevo sempre sentito dire che quello di schizzar via o di mostrare terrore davanti a un animale feroce fosse il modo certo per farsi inseguire o attaccare, e avevo del resto sperimentato personalmente nei miei viaggi che ciò era vero, decisi in quella congiuntura tanto pericolosa di non mostrare alcuna ansietà. Camminai baldanzosamente cinque o sei volte proprio davanti al muso della gatta e mi spinsi a meno di una iarda da lei; dopo di che essa si tirò indietro, come se fosse più spaventata di me.

Per i cani ebbi minore apprensione, benché ne fossero venuti dentro la stanza tre o quattro, come è normale nelle case degli agricoltori; uno di questi era un mastino di una mole pari a quattro elefanti insieme e un altro un levriere più alto del mastino, ma non altrettanto grosso.

Quando il pranzo era quasi terminato venne una bambinaia con in braccio un bimbo di un anno, che mi scorse immediatamente e per avermi come giocattolo, conforme all'usuale arte oratoria degli infanti, si mise a fare un chiasso che l'avreste potuto udire dal ponte di Londra fino a Chelsea.

Per pura indulgenza, la madre mi sollevò e mi avvicinò al bambino, che subito mi afferrò per la vita e si ficcò la mia testa in bocca, ma io vi urlai dentro così forte che quel discolo ne fu spaventato e mi lasciò cadere; mi sarei senza dubbio rotto il collo se la madre non avesse steso il grembiule sotto di me.

La balia, per quietare il suo marmocchio, fece uso di un sonaglio, che era una specie di recipiente cavo riempito di grandi pietre e legato con una fune alla cintura del bimbo, ma fu inutile; sicché fu obbligata ad applicare l'ultimo rimedio, a dargli cioè la poppata.

Devo confessare che nulla mi aveva mai disgustato tanto, quanto la vista del suo petto mostruoso: non saprei a cosa paragonarlo per dare al mio curioso lettore un'idea della sua mole, della sua forma e del suo colore.

Sporgeva in fuori per sei piedi, e non poteva misurarne meno di sedici di circonferenza. Il capezzolo era grande metà della mia testa, l'areola due volte tanto e la poppa così punteggiata di macchie, foruncoli, lentiggini che nulla poteva apparire più nauseante; io la vedevo da vicino perché stavo in piedi sulla tavola e per dare più agevolmente la poppata la donna si era seduta.

E una tale vista mi fece riflettere sulle deliziose epidermidi delle signore inglesi, che ci appaiono tanto belle solo perché sono delle nostre stesse dimensioni e i loro difetti non si possono vedere se non con una lente d'ingrandimento, che ci porterebbe a scoprire come anche le pelli più morbide e bianche si rivelino, in realtà, ruvide e scabre e di un brutto colore.

Ricordo che quando ero a Lilliput la carnagione di quella gente piccolissima mi appariva come la più bella del mondo; e conversando di tale argomento con un colto gentiluomo di laggiù, che era mio intimo amico, lo sentii dire che la mia faccia gli appariva molto più gradevole e liscia se mi guardava da terra che non da vicino, quando lo sollevavo sulla mia mano e l'accostavo, perché in tal caso, mi confessò, sulle prime era una vista da far paura. Diceva che nella mia pelle si potevano osservare grosse cavità, che i mozziconi dei peli della barba erano dieci volte più duri delle setole di un cinghiale e il mio colorito un'accozzaglia di colori assolutamente sgradevoli: eppure, se permettete che sia io stesso a dirlo, sono più bello della maggioranza dei connazionali del mio sesso e sono ben poco bruciato dal sole, nonostante tutti i miei viaggi. D'altra parte, se si discorreva delle dame della Corte imperiale, quel mio amico mi diceva che una aveva le lentiggini, un'altra la bocca troppo larga, una terza il naso troppo grosso, mentre io non riuscivo a distinguere nessuno di tali difetti.

Ammetto che siano riflessioni abbastanza ovvie, tuttavia non potevo tralasciarle, altrimenti il lettore potrebbe pensare che quelle creature fossero effettivamente deformi: devo quindi rendere loro giustizia e dire che sono una razza di gente avvenente; e in particolare, le membra e i lineamenti del volto del mio padrone, benché non fosse che un agricoltore, quando l'osservavo da un'altezza di sessanta piedi, mi apparivano molto ben proporzionati.

Quando il pranzò fu terminato, il mio padrone andò fuori dai suoi braccianti e diede alla moglie, come potei intuire dalla voce e dai gesti, il preciso incarico di prendersi cura di me. Io ero stanchissimo e avevo gran voglia di dormire, e la mia padrona lo percepì; mi mise sul suo letto e mi coprì con un fazzoletto fresco di bucato, anche se più grosso e ruvido della vela maestra di una nave da guerra.

Dormii un paio d'ore e sognai che ero a casa con moglie e figli, il che aggravò la mia pena quando mi svegliai e mi vidi solo in quella immensa stanza, larga due o trecento piedi e alta duecento, coricato in un letto largo venti iarde.

La mia padrona era andata a badare alle sue faccende di casa e mi aveva chiuso dentro.

Il letto era a otto iarde dal pavimento. Certi bisogni naturali mi rendevano necessario scendere giù: non mi arrischiavo a lanciare richiami, e se lo avessi fatto sarebbe stato inutile con una voce come la mia e con l'enorme distanza tra la camera dove ero confinato e la cucina dove la famiglia era riunita. E mentre mi tormentavo in simili frangenti, due ratti si erano arrampicati per le cortine e scorrazzavano avanti e indietro per il letto, fiutando in giro: uno di loro mi venne davanti alla faccia e io saltai su terrorizzato ed estrassi il pugnale appeso in cintura per difendermi.

Quegli orribili animali ebbero l'ardire di attaccarmi dai due lati, e uno di essi mi aveva già piazzato una delle zampe anteriori sul collo, ma per fortuna gli squarciai la pancia prima che potesse farmi qualche seria birbonata. Cadde ai miei piedi, e l'altro, vista la sorte del compagno, si diede alla fuga, non senza una bella ferita che gli appioppai sul groppone mentre fuggiva e che gli fece lasciare una gran scia di sangue.

Dopo questa prodezza camminai adagio, avanti e indietro nel letto, per riprendere fiato e coraggio. Quelle creature erano delle dimensioni di un grosso mastino, ma infinitamente più agili e feroci; tanto che se mi fossi tolto la cintura prima di mettermi a dormire, immancabilmente sarei stato ridotto in pezzi e divorato. Andai a misurare la coda del ratto morto e constatai che era lunga due iarde meno un pollice. Mi si rivoltava lo stomaco, però volevo trascinare la carcassa fuori dal letto, dove giaceva ancora sanguinante, e così mi accorsi che gli restava un briciolo di vita; ma con un forte colpo di taglio attraverso il collo lo feci definitivamente fuori.

Subito dopo entrò nella stanza la mia padrona che, vedendomi tutto insanguinato, si precipitò a prendermi in mano. Io le indicai il ratto morto, sorridendo e facendo altri gesti per dimostrarle che non ero ferito; di ciò lei fu estremamente felice e chiamò la cameriera perché pigliasse il ratto morto con un paio di molle e lo gettasse fuori dalla finestra. Poi mi posò sopra un tavolo, e io le mostrai il pugnale tutto insanguinato, lo pulii sulla falda della giacca e lo riposi nel fodero.

Avevo gran fretta di fare quel paio di cosette che nessun altro poteva fare per me, quindi mi sforzai di far comprendere alla mia padrona che desideravo essere messo giù, sul pavimento; e appena lei lo ebbe fatto, la mia timidezza non mi permise di esprimermi in altro modo che indicando la porta e inchinandomi varie volte. La buona donna, con molta difficoltà, alla fine intuì che cosa volevo e presomi di nuovo in mano andò in giardino, dove mi depose. Mi allontanai di circa duecento iarde e, fattole cenno di non guardare e di non seguirmi, mi nascosi tra due foglie di acetosella e lì adempii alle necessità della natura.

Spero, che il mio gentile lettore mi scuserà se indugio su questi e altri simili particolari, che quantunque possano apparire insignificanti a menti rozze e meschine, certamente aiuteranno un filosofo ad ampliare i suoi pensieri e la sua immaginazione e ad adoprarli per il pubblico e privato bene; il che era il mio solo scopo nel presentare questo e altri resoconti dei miei viaggi per il mondo, nei quali mi sono preoccupato soprattutto della verità, senza ricercare abbellimenti di erudizione o di stile. Ma l'intera vicenda di questo viaggio ha lasciato una così forte impressione nella mia mente ed è così profondamente incisa nella mia memoria che nell'affidarla alla carta non ho potuto omettere alcuna delle situazioni verificatesi; tuttavia, dopo una rigorosa revisione, ho cancellato parecchi passaggi di minore importanza, che c'erano nella prima stesura, per paura che venissero giudicati tediosi o insignificanti, dal momento che spesso, e forse non ingiustamente, ai viaggiatori vengono mosse simili accuse.

Capitolo II

Descrizione della figlia dell'agricoltore – L'Autore è condotto a una città di mercato e poi alla capitale – I particolari del viaggio

La mia padrona aveva una figlia di nove anni, una bambina di promettenti doti per la sua età, bravissima nei lavori d'ago e molto ingegnosa nel far vestiti alla bambola. Madre e figlia si industriarono ad adattare per me la culla della bambola prima di notte: la culla fu sistemata nel cassettino di un armadietto, e il cassettino fu posto su una mensola sospesa, per paura dei topi. Questo fu il mio letto per tutto il tempo che rimasi con quella gente, reso sempre più confortevole, man mano che imparavo la loro lingua e riuscivo a far conoscere i miei bisogni.

Quella ragazzina era così sveglia che dopo una o due volte che mi ero tolto gli abiti davanti a lei fu in grado di vestirmi e svestirmi, sebbene io cercassi di non darle mai questo fastidio, appena mi lasciava fare le mie cose da solo.

Mi cucì sette camicie e altri capi di biancheria della stoffa più fine che aveva potuto trovare, che in verità era più grossolana di una tela di sacco; e costantemente mi lavava tutta la roba con le sue stesse mani. Mi faceva anche da maestra di scuola per insegnarmi la lingua: quando le indicavo una qualsiasi cosa me ne diceva il nome nel loro idioma, sicché in pochi giorni fui in grado di chiedere tutto quello che volevo. Era di ottima indole, di statura non superava i quaranta piedi poiché era un po' piccola per la sua età.

Mi chiamò Grildrig, nome che adottò anche il resto della famiglia e poi l'intero reame. La parola indica ciò che i latini chiamavano *nanunculus*, gli Italiani *homunceletino* e gli inglesi *mannikin*. Devo soprattutto a lei la mia sopravvivenza in quel paese.

Finché stetti là non ci separammo mai, la chiamavo la mia Glumdalclitch, cioè baliettina, e sarei reo di enorme ingratitudine se omettessi di farle onore ricordando le sue cure e il suo affetto per me: vorrei di cuore poterla ricompensare come merita, anziché essere l'innocente ma sciagurato strumento della sua disgrazia, come ho fin troppa ragione di temere.

Nel vicinato cominciavano ormai a sapere che il mio padrone aveva trovato nel campo uno strano animale della grandezza di uno *splacknuck*, ma fatto esattamente in ogni sua parte come una creatura umana, che in effetti imitava in ogni azione; raccontavano che sembrava parlasse in una linguettina tutta sua, però aveva già imparato molte parole della loro lingua; camminava eretto su due gambe; era domestico e gentile, veniva se lo si chiamava, faceva qualsiasi cosa gli fosse richiesta, aveva le più belle membra del mondo e la carnagione più delicata di una bimba di tre anni di nobile stirpe.

Allo scopo di assodare se questa storia era vera, venne in visita un altro agricoltore, che viveva molto vicino ed era grande amico del mio padrone.

Fui immediatamente esibito e posto su di un tavolo, su cui camminai come mi ordinarono, estrassi il pugnale, lo rimisi a posto, feci una riverenza all'ospite del mio padrone, gli chiesi nella sua lingua come stava e gli diedi il benvenuto; tutto esattamente secondo le istruzioni della mia baliettina.

Quest'uomo, che era vecchio e aveva la vista debole, si mise gli occhiali per vedermi meglio, e allora non potei trattenermi dal ridere di cuore, perché i suoi occhi sembravano una luna piena che splendesse contemporaneamente da due finestre della stessa stanza. La gente di casa, scoperta la causa della mia ilarità, mi fece compagnia e rise con me; al che il povero vecchio fu tanto sciocco da arrabbiarsi e andar fuori dai gangheri.

Aveva fama di grande avaro; e per mia sfortuna la meritava proprio, per il malaugurato suggerimento che diede al mio padrone di andare a mostrarmi come rarità in un giorno di mercato nella città più vicina, che distava ventidue miglia dalla nostra casa, una mezz'ora a cavallo. Io ci avrei scommesso che stavano progettando un brutto tiro, quando vidi che il mio padrone e il suo amico parlottavano a lungo sottovoce, indicandomi ogni tanto; e la paura mi aguzzò la fantasia tanto da farmi afferrare e comprendere qualche loro parola.

Ma il mattino successivo Glumdalclitch, la mia baliettina, mi rivelò tutta la faccenda che lei aveva astutamente carpito alla madre. La povera ragazzina mi strinse al seno e scoppiò in un pianto di vergogna e di dolore.

Temeva che mi capitasse qualcosa di brutto con quella gente rozza e volgare, che potesse schiacciarmi a morte o spezzarmi le membra prendendomi in mano. Sapeva quanto fossi riservato per natura e quanto ci tenessi al mio onore, e quindi immaginava come mi sarei sentito offeso a essere esposto per danaro in un pubblico spettacolo, davanti alla gente più spregevole.

Papà e mamma le avevano promesso che Grildrig sarebbe stato suo, disse, ma ora capiva che avevano intenzione di trattarla come avevano fatto l'anno precedente, quando avevano finto di regalarle un agnello e poi, appena si era fatto grasso, l'avevano venduto al macellaio.

Da parte mia posso affermare che ero in verità meno preoccupato della mia balietta. Avevo una forte speranza, che mai mi abbandonò, di riconquistare un giorno la libertà; e quanto all'ignominia di essere portato in giro come un fenomeno mostruoso, consideravo che in quel paese ero un perfetto straniero, e che in Inghilterra, se mai ci fossi tornato, non mi si sarebbe potuto far colpa di simile disgrazia, dal momento che lo stesso Re della Gran Bretagna, nella mia condizione avrebbe dovuto sopportare la stessa sventura.

Seguendo il suggerimento del suo amico, il primo giorno di mercato il mio padrone mi trasportò, in una scatola, nella città vicina e si condusse appresso la figlia, la mia baliettina, su un sellino dietro di lui.

La scatola era chiusa da ogni lato, con una porticina per farmi entrare e uscire e pochi buchi di succhiello per lasciar passare l'aria. La ragazzina era stata tanto premurosa da metterci dentro la trapunta della bambola perché mi ci stendessi sopra.

Comunque venni tremendamente sbattuto e scombussolato nel viaggio, benché non fosse durato che mezz'ora. Perché il cavallo andava alla velocità di una quarantina di piedi a ogni passo e trottava con balzi così alti che erano come il sollevarsi e l'abbassarsi di una nave in una grande tempesta, però molto più frequenti: ma insomma, il nostro viaggio fu appena un po' più lungo di quello da Londra a St. Albans.

Il mio padrone scese a una locanda che era solito frequentare e, dopo essersi consultato un po' con il locandiere e aver fatto qualche necessario preparativo, assoldò un *grultrud*, cioè un banditore, per avvisare tutta la città che all'Insegna dell'Aquila Verde si poteva vedere una strana creatura, grande nemmeno quanto uno *splacnuck* (un animale di quel paese, di aspetto gradevole, lungo sei piedi circa), somigliante a una creatura umana in ogni parte del corpo, in grado di dire parecchie parole e di esibirsi in un centinaio di divertenti giochetti.

Mi piazzarono su di un tavolo nella più grande sala della locanda, che poteva essere quasi trecento piedi quadri. La mia baliettina stava su uno sgabello, accanto al tavolo, per prendersi cura di me e guidarmi in quel che dovevo fare. Il mio padrone, per evitare la ressa, ammise a vedermi solo trenta persone per volta.

Andai in giro per la tavola come mi comandava la ragazzina, che mi rivolse delle domande nei limiti a lei ben noti della mia comprensione della lingua, cui risposi a voce più alta che potei. Mi rigirai varie volte davanti alla compagnia, porsi i miei umili rispetti, diedi loro il benvenuto e dissi qualche altra frase che mi avevano insegnato.

Presi un ditale che Glumdalclitch mi aveva dato come coppa, ripieno di liquore, e bevvi alla loro salute. Sfoderai il pugnale e lo feci mulinare per aria alla maniera degli schermidori d'Inghilterra. La mia balietta mi diede una pagliuzza con cui feci degli esercizi come con una picca, poiché avevo appreso quell'arte in gioventù.

Quel giorno mi fecero esibire davanti a dodici successivi turni di pubblico, obbligandomi a ripetere ogni volta le stesse scemenze, finché fui mezzo morto per la stanchezza e l'irritazione. Perché, quelli che mi avevano visto facevano racconti così entusiastici che la gente sarebbe stata pronta a buttar giù la porta per entrare.

Il mio padrone, nel suo stesso interesse, non permise che nessuno mi toccasse, eccetto la mia balietta; e per prevenire qualsiasi danno, le panche vennero sistemate attorno alla tavola a una distanza che mi tenesse fuori portata per chiunque. Tuttavia, uno sciagurato scolaretto, mirando proprio alla mia testa, scagliò una nocciola che mi mancò per un'inezia; altrimenti, veniva con una tale violenza che senza dubbio mi avrebbe fatto schizzar via il cervello, perché era grossa almeno come una zucchetta. Ma ebbi la soddisfazione di vedere il giovane briccone picchiato ben bene e sbattuto fuori dalla stanza.

Il mio padrone diede pubblico avviso che mi avrebbe esibito di nuovo il successivo giorno di mercato, e nel frattempo mi preparò un veicolo più confortevole; e meno male che lo fece, perché con quel primo viaggio, e con il dover intrattenere la compagnia per otto ore di seguito, mi ero talmente stancato che potevo a malapena reggermi in piedi e spiccicar parola.

Mi ci vollero almeno tre giorni prima di recuperare le forze; e il guaio fu che non potei aver tregua nemmeno a casa: tutti i signori dei dintorni per un centinaio di miglia, udita la mia fama, venivano a vedermi a casa del mio padrone. Arrivavano non meno di trenta persone alla volta, con mogli e figli (il paese è molto popoloso); e ogni volta che mi esibiva a casa propria il mio padrone pretendeva il pagamento come se la sala fosse esaurita, anche se c'era una sola famiglia.

Così, per un certo tempo, pure se non venivo trasportato in città, avevo ben poco riposo, tutti i giorni della settimana (eccetto il mercoledì, che è il loro giorno di festa).

Visto quanto guadagno gli potevo procurare, il mio padrone decise di portarmi nelle più importanti città del regno. Provvistosi di tutte le cose che potevano essergli necessarie per un lungo viaggio e sistemati gli affari di casa, disse addio alla moglie e il 17 agosto 1703, un paio di mesi dopo il mio arrivo, partimmo per la capitale, situata al centro dell'impero, a una distanza di tremila miglia dalla nostra casa: il mio padrone fece salire sul suo stesso cavallo, dietro di lui, la figlia Glumdalclitch, che mi portava in grembo in una scatola legata in cintura. La ragazzina l'aveva foderata da ogni lato con le stoffe più morbide che aveva trovato, bene imbottite all'interno; ci aveva messo dentro il letto della bambola, la mia biancheria e le altre cose necessarie, e aveva reso il tutto più confortevole che aveva potuto. Non avevamo altra compagnia che un garzone, che cavalcava dietro di noi col bagaglio.

L'intenzione del mio padrone era di mostrarmi in tutte le città lungo la via e di deviare dalla strada anche di cinquanta o cento miglia per raggiungere villaggi o case di persone di qualità in cui potesse aspettarsi delle buone entrate.

Facevamo tappe tranquille, non più di sette o otto tratte di venti miglia ciascuna ogni giorno: perché Glumdalclitch, allo scopo di risparmiarmi, si lamentava che era stanca di trottare in groppa al cavallo.

Spesso, se glielo chiedevo, mi toglieva dalla scatola per farmi prender aria e per mostrarmi il paesaggio; ma mi teneva sempre ben legato con delle bretelle per bambini.

Traversammo cinque o sei fiumi molto più larghi e profondi del Nilo o del Gange; là, persino un ruscelletto difficilmente è più stretto del Tamigi all'altezza del ponte di Londra.

Il nostro viaggio durò dieci settimane e fui esibito in diciotto grandi città, oltre a molti villaggi e case private.

Il 26 di ottobre arrivammo alla capitale, chiamata nella loro lingua *Lorbrulgrud*, ossia Orgoglio dell'universo.

Il mio padrone prese alloggio nella via principale della città, non lontano dal palazzo reale; e fece affiggere manifesti nella forma usuale, contenenti l'esatta descrizione della mia persona in ogni sua parte. Affittò una grande sala, larga tra i trecento e i quattrocento piedi.

Si procurò una tavola di sessanta piedi di diametro, su cui io dovevo recitare la mia parte, e la recintò tutt'intorno con una palizzata a tre piedi dal bordo, alta altrettanto, per impedire che cadessi di sotto.

Venivo esibito dieci volte al giorno per la meraviglia e la soddisfazione di tutto il popolo. Potevo, ora, parlare la lingua discretamente bene, e comprendevo perfettamente qualsiasi parola mi venisse detta. Inoltre, avevo imparato il loro alfabeto e potevo arrangiarmi a leggere e tradurre qualche frase da una lingua all'altra; perché Glumdalclitch mi aveva istruito quando eravamo a casa e durante il viaggio nelle ore di riposo. Si era portata in tasca un libriccino, non più grande dell'Atlante di Sanson; era un comune trattato a uso delle giovinette, che presentava un breve compendio della loro religione; e partendo da quello, lei mi insegnò a riconoscere le lettere e a decifrare le parole.

Capitolo III

L'Autore è reclamato dalla Corte – La Regina lo acquista dal suo padrone, l'agricoltore, e lo presenta al Re – Egli discute con i massimi dotti di Sua Maestà – All'Autore viene riservato un appartamento a Corte – Gode dell'alto favore della Regina – Difende l'onore del suo paese – Suo litigio con il nano della Regina

Le numerose fatiche cui ero sottoposto ogni giorno provocarono in poche settimane un considerevole cambiamento nel mio stato fisico: il padrone più guadagnava per mezzo mio, più diventava insaziabile. Avevo del tutto perso l'appetito ed ero ridotto quasi uno scheletro. L'agricoltore lo notò e, deducendone che sarei presto morto, decise di trarre il massimo profitto finché poteva.

Mentre egli così ragionava e prendeva queste decisioni tra sé, venne uno *slardral*, un maestro di cerimonie, inviato dalla Corte, che ordinò al mio padrone di portarmi immediatamente là per il divertimento della Regina e delle sue dame: alcune di queste ultime erano già state a vedermi e avevano riferito cose strabilianti della mia bellezza, del mio comportamento e del mio buon senso.

Sua Maestà e le dame del seguito furono deliziate oltre misura dalle mie maniere. Io mi gettai in ginocchio e chiesi l'onore di baciare l'imperial piede, invece quella graziosa sovrana (dopo che ero stato messo su di una tavola) sporse verso di me il suo mignolo, che io cinsi con entrambe le braccia, ponendone la punta sulle mie labbra, col massimo rispetto.

Dopo, lei mi fece parecchie domande generiche sul mio paese e i miei viaggi, e io le risposi con la maggior chiarezza e con il minor numero possibile di parole. Mi chiese se sarei stato contento di vivere a

Corte, e io mi inchinai fino al piano del tavolo e umilmente risposi che ero schiavo del mio padrone, ma se avessi potuto disporre di me stesso sarei stato orgoglioso di dedicare la vita al servizio di Sua Maestà.

Allora chiese al mio padrone se acconsentiva a vendermi a un buon prezzo. E lui, che temeva non potessi vivere nemmeno un altro mese, fu prontissimo a separarsi da me; domandò mille pezzi d'oro, che gli furono dati all'istante. Ogni pezzo era grosso come otto moidori portoghesi da cento, ma se si considera la proporzione che c'è tra tutte le cose di quel paese e quelle d'Europa e il prezzo massimo dell'oro laggiù, la somma equivaleva a stento a un migliaio di ghinee in Inghilterra.

Dissi allora alla Regina che, dal momento che ero diventato l'umilissimo creato e vassallo di Sua Maestà, dovevo chiedere il favore che Glumdalclitch, che aveva sempre badato a me con tanta cura e gentilezza e sapeva farlo tanto bene, potesse essere ammessa al suo servizio e continuasse a essere la mia balietta e istruttrice. Sua Maestà accolse la mia petizione e ottenne facilmente il consenso dell'agricoltore, che era felicissimo di avere la figlia assunta a Corte, e la povera ragazzina non sapeva come trattenere la gioia. Il mio ex padrone si ritirò, dandomi l'addio e dicendomi che mi aveva procurato un ottimo servizio; al che io non replicai parola, gli feci solo un leggero inchino.

La Regina notò la mia freddezza e quando l'agricoltore fu uscito dall'appartamento me ne chiese la ragione. E io ebbi il coraggio di dire a Sua Maestà che non avevo nessun obbligo verso il mio ex padrone, se non per il fatto che non aveva fracassato la testa a una povera creatura inoffensiva, trovata per caso nel suo campo; e che quest'obbligo era stato abbondantemente ricompensato dal guadagno che aveva fatto esibendomi a mezzo reame e dal prezzo a cui mi aveva venduto.

Dissi che la vita che avevo or ora lasciata era tanto faticosa da ammazzare un animale dieci volte più forte di me; che la mia salute si era molto indebolita per il continuo ingrato lavoro di intrattenere la plebaglia a ogni ora del giorno; e che, se il mio padrone non avesse ritenuto la mia vita in pericolo, Sua Maestà forse non mi avrebbe ottenuto così a buon mercato. Ma dato che ero scampato alla paura di venire maltrattato ed ero ormai sotto la protezione di una così grande e buona imperatrice, ornamento della natura, diletto del mondo, delizia dei sudditi, fenice della creazione, speravo che le previsioni del mio ex padrone si dimostrassero senza fondamento, perché già mi sentivo ripigliar spirito sotto l'influenza della sua augustissima presenza.

Questo era il succo del mio discorso, pronunciato con esitazione e con molte improprietà; l'ultima parte era tuttavia costruita nello stile peculiare di quel popolo, di cui avevo appreso certe frasi da Glumdalclitch, mentre mi trasportava a Corte.

La Regina scusò ampiamente le mie carenze linguistiche, fu comunque sorpresa per tanta intelligenza e tanto buonsenso in un così minuscolo animale. Mi prese in mano e mi portò dal Re, che era in riunione di gabinetto.

Sua Maestà il Re, un principe di grande rigore e di fisionomia austera, non avendo osservato troppo bene il mio aspetto, chiese piuttosto freddamente alla Regina da quando in qua poteva appassionarsi a uno *splacknuck*; perché sembrava avermi preso per tale, dal momento che giacevo a pancia sotto nella mano destra di Sua Maestà la Regina. Ma la sovrana, che aveva spirito e umorismo a iosa, delicatamente mi posò sullo scrittoio, dritto in piedi, e ordinò che ragguagliassi io stesso Sua Maestà sul mio conto, il che feci in poche parole; e Glumdalclitch, che attendeva sulla porta del gabinetto, ma poi era stata ammessa perché non poteva sopportare che restassi fuori dalla sua vista, confermò tutto quanto era successo dal mio arrivo alla casa di suo padre.

Il Re, benché fosse la persona più colta dei suoi domini e fosse molto addentro agli studi di filosofia e soprattutto di matematica, non appena ebbe osservato ben bene le mie fattezze e mi ebbe visto camminare eretto, prima che incominciassi a parlare aveva creduto potessi essere un pezzo di orologeria (che è arrivata in quel paese a una grandissima perfezione), inventato da qualche ingegnoso artigiano. Ma quando ebbe udito la mia voce e scoperto che parlavo in maniera normale e razionale, non poté nascondere lo stupore.

Non fu, però, affatto persuaso del racconto che gli feci su come ero giunto nel suo regno; pensava fosse una storia concertata tra Glumdalclitch e suo padre, che dovevano avermi insegnato una serie di cose da dire per potermi vendere a un prezzo più alto. Con questa convinzione mi pose parecchie altre domande e di nuovo ricevette risposte razionali, per null'altro criticabili tranne che per un accento straniero, una imperfetta conoscenza della lingua e per alcune frasi rozze che avevo imparato in casa dell'agricoltore, non adeguate allo stile raffinato di una Corte.

Sua Maestà fece chiamare i tre grandi sapienti che erano di turno per quella settimana (in conformità all'usanza del paese). Quei gentiluomini, dopo che ebbero esaminato per un certo tempo con molta accuratezza la mia figura, furono di opinioni differenti a mio riguardo.

Erano tutti d'accordo che non potevo essere il prodotto di una normale legge di natura, perché non ero strutturato con la capacità di preservare la mia vita, né mediante la rapidità, né mediante la predisposizione ad arrampicarmi sugli alberi o a scavare buchi nel terreno.

Dedussero dai miei denti, che ispezionarono con molto scrupolo, che ero un animale carnivoro; tuttavia, visto che la maggior parte dei quadrupedi era di forze soverchianti rispetto a me, e i topi di campagna, o altri animali simili, erano troppo svelti, non potevano immaginare come sarei stato capace di nutrirmi, se non cibandomi di lumache o altri insetti; ma poi si dissero pronti a dimostrare con diversi dotti argomenti che nemmeno ciò avrei avuto la possibilità di fare.

Uno di loro sembrava pensare che potevo anche essere un embrione o un aborto. Ma questa opinione fu respinta dagli altri due, che fecero notare come le mie membra fossero perfette e complete; e che avevo anzi vissuto per diversi anni, come rivelava la mia barba, i cui peli essi distinsero chiaramente attraverso una lente d'ingrandimento. E non potevano farmi passare per un nano perché la mia piccolezza era molto al di sotto di qualsiasi possibilità di paragone; infatti il nano favorito della Regina, il più piccolo che si fosse mai visto in quel reame, era alto quasi trenta piedi.

Dopo molto discutere, essi conclusero unanimemente che ero solo un *relplum scalcath*, che si traduce letteralmente *Lusus naturae*; definizione perfettamente in linea con la moderna filosofia dell'Europa, dove i professori, disdegnando la vecchia scappatoia delle "occulte cause" con cui i seguaci di Aristotele cercano invano di nascondere la loro ignoranza, hanno inventato questa fantastica soluzione di tutte le difficoltà, apportando un indicibile progresso all'umano sapere.

Dopo questa conclusione risolutiva, supplicai che mi lasciassero dire una o due parole. Mi rivolsi al Re, e garantii a Sua Maestà che venivo da un paese dove esistevano parecchi milioni di individui d'ambo i sessi della mia stessa statura; dove animali, alberi e case erano in proporzione e dove, per conseguenza, io ero perfettamente in grado di difendermi e di procacciarmi un sostentamento come ognuno dei sudditi di Sua Maestà poteva fare lì; e con questo ritenevo di aver dato esauriente risposta alle argomentazioni di quei gentiluomini. A ciò essi replicarono solo con un sorriso di disprezzo, dicendo che l'agricoltore mi aveva insegnato la lezione assai bene.

Il Re, che aveva un'intelligenza molto più pronta, licenziati i dotti mandò a chiamare l'agricoltore, che per fortuna non era ancora uscito di città: dopo averlo interrogato, anzitutto separatamente e poi a confronto con me e con la ragazzina, Sua Maestà cominciò a pensare che quello che gli avevamo detto poteva essere vero. Chiese alla Regina di dare ordine che mi fosse dedicata una cura particolare, e fu dell'opinione che dovesse continuare a badare a me Glumdalclitch, perché aveva notato che avevamo grande affetto l'uno per l'altra.

Le fu dunque assegnato un bell'appartamento a Corte, ebbe una sorta di istitutrice deputata a prendersi carico della sua educazione, una cameriera per vestirla e due altre domestiche per i lavori più umili, ma il compito di aver cura di me rimase suo privilegio esclusivo.

La Regina ordinò al proprio personale ebanista di progettare una scatola che mi potesse servire da camera da letto, su un modello approvato da Glumdalclitch e da me.

Quest'uomo era un artigiano ingegnosissimo e sotto la mia direzione in tre settimane mi finì una camera in legno di sedici piedi quadrati, alta dodici; con finestre a telaio scorrevole, una porta, due camerini privati, proprio come una stanza da letto di Londra.

Il tavolato che costituiva il soffitto si poteva sollevare e abbassare mediante due cardini, per poter spostare dentro e fuori un letto prontamente fornito dal tappezziere di Sua Maestà: Glumdalclitch lo tirava su ogni giorno per fargli prender aria, lo rifaceva con le sue proprie mani e la notte lo ricalava giù, e chiudeva a chiave il tetto sopra di me.

Un operaio raffinato, famoso per le piccole cose curiose che faceva, si assunse l'incarico di fabbricarmi due seggiole con schienale e intelaiatura di un materiale simile all'avorio, due tavoli e uno stipo per riporvi le mie cose.

La stanza era imbottita da tutti i lati, anche sul pavimento e sul soffitto, per prevenire eventuali incidenti dovuti all'incuria di coloro che mi trasportavano e per attutire la violenza dei sobbalzi quando andavo in carrozza.

Richiesi un chiavistello per la porta, per impedire a ratti e topi di entrare, e il fabbro dopo molti tentativi me ne fece uno: il più minuscolo che mai da loro si fosse visto, mentre io, in Inghilterra, ne avevo veduto uno più grande solo alla porta di casa di un gentiluomo. Feci in modo di poter tenere io stesso la chiave in tasca, per paura che Glumdalclitch l'avesse a perdere.

La Regina ordinò, inoltre, le sete più fini che si potessero trovare

per farmi gli abiti; non risultarono molto più spessi di una coperta inglese, tuttavia, fino a che non mi ci abituai, li trovai molto incomodi. Erano secondo la moda di quel reame, con qualcosa di persiano e qualcosa di cinese; comunque di una foggia molto seria e decorosa.

La Regina si appassionò tanto alla mia compagnia che non poteva pranzare senza di me. Avevo tavola e sedia piazzati sulla stessa tavola a cui mangiava Sua Maestà, proprio accanto al suo gomito sinistro. Glumdalclitch stava su uno sgabello posto sul pavimento vicino alla mia tavola, per assistermi e aver cura di me. Avevo un servizio d'argento completo di piatti, vassoi e tutto il necessario, che rapportati a quelli della Regina erano non più grandi di quelli che ho visto in un negozio di giocattoli di Londra per arredare le case delle bambole: tutto questo la mia baliettina lo teneva in tasca, in una scatola d'argento, e me lo dava ai pasti quando ne avevo bisogno; lo puliva sempre e solo lei stessa.

Nessuno pranzava con la Regina a parte le Principesse Reali; la maggiore aveva allora sedici anni e la più giovane tredici e un mese.

Sua Maestà la Regina era solita mettere su uno dei miei piatti un pezzetto di carne, da cui poi mi ritagliavo per conto mio i singoli bocconi; e il suo divertimento era vedermi mangiare in miniatura. Perché la Regina (che del resto era delicata di stomaco) mangiava in un boccone quanto una dozzina di agricoltori inglesi potrebbero mangiare in un pasto, il che per un certo tempo fu per me uno spettacolo molto nauseante.

Poteva sgranocchiare rumorosamente sotto i denti, con ossa e tutto, un'ala di allodola, benché fosse nove volte più grande di un tacchino adulto; e metteva in bocca pezzi di pane grossi come due pagnotte da dodici penny. Beveva da una coppa d'oro, una botte ogni sorsata. I suoi coltelli erano lunghi il doppio di una falce tutta intera, infilzata dentro il manico per il lungo. Cucchiai, forchette e altri arnesi erano tutti nella stessa proporzione.

Ricordo che quando Glumdalclitch, per cavarmi la curiosità, mi portò a vedere alcune delle tavole di Corte, dove potevano venir sollevati, tutti al medesimo tempo, dieci o dodici di quegli enormi coltelli e forchette, pensai che non mi si era mai presentata sino allora una così terribile vista.

Era d'uso che ogni mercoledì (che come ho prima fatto notare è il loro giorno festivo) il Re e la Regina pranzassero insieme con la Prole Reale d'ambo i sessi, negli appartamenti di Sua Maestà il Re, di cui ero ormai diventato un favorito; e in quelle occasioni la mia seggiolina e la mia tavolina erano piazzate alla sua sinistra, davanti a una delle saliere.

Il sovrano si divertiva a conversare con me; si informava dei costumi, della religione, delle leggi, dei governi e della cultura d'Europa, e io lo ragguagliavo su ciò come meglio ero capace.

La sua percettività era così lucida e il suo giudizio così esatto che faceva riflessioni e osservazioni molto sagge su tutto quello che gli dicevo. Ma, lo confesso, la volta che ero stato un po' troppo enfatico nel parlare del mio amato paese, dei commerci, delle guerre di mare e di terra, degli scismi religiosi, dei partiti politici, i pregiudizi della sua educazione prevalsero, tanto che non si poté trattenere: mi sollevò con la mano destra e, solleticandomi delicatamente con l'altra, dopo un cordiale scoppio di risa mi chiese se ero conservatore o liberale. Poi, voltandosi verso il primo ministro, che stava in attesa ritto in piedi dietro di lui con in mano la bianca insegna della sua carica, alto quasi quanto l'albero maestro della nostra real nave ammiraglia La Sovrana, osservò quale miserabil cosa fosse la grandezza umana se poteva venire scimmiottata da un insetto insignificante qual ero io. – E oserei persino scommettere – disse – che quelle creature hanno i loro titoli e le loro onorificenze; si ingegnano di costruire piccoli nidi e tane che chiamano case e città; gareggiano a ben figurare con vesti ed equipaggi; amano, combattono, discutono, truffano, tradiscono. – E continuò così, mentre io diventavo di tutti i colori per l'indignazione all'udire la nostra nobile patria, maestra nelle arti e nelle armi, flagello della Francia, arbitro dell'Europa, sede della virtù della pietà dell'onore e della verità, orgoglio e invidia del mondo, trattata con tanto disprezzo.

Ma, dal momento che non ero in condizione di rintuzzare le ingiurie, così, dopo mature riflessioni, cominciai a dubitare se fossi stato ingiuriato o no. Anche perché, dopo molti mesi, mi ero abituato alla vista e al parlare di quella gente, avevo notato che tutti coloro su cui posavo gli occhi erano di una maestosità ben proporzionata, e l'orrore che avevo sulle prime concepito per la loro mole e il loro aspetto era da tempo svanito, tanto che se avessi allora veduto una compagnia di nobili signori e signore inglesi nel pieno del loro sfarzo, con gli abiti da gran festa per il compleanno del Re, intenti a recitare i loro diversi ruoli, a pavoneggiarsi, a fare inchini e discorsi inutili nel modo più cortigianesco, a dire il vero sarei stato fortemente tentato di ridere di loro, quanto questo Re e i suoi Grandi di Stato solevano fare con me.

E davvero non potevo trattenermi dal sorridere di me stesso quando la Regina amava posarmi sulla propria mano davanti a uno specchio in cui le nostre due persone mi apparivano insieme, a figura intera, e nulla poteva essere più ridicolo del confronto: sicché realmente io cominciai a considerare me stesso molto al di sotto della mia normale statura.

Nulla mi irritava e mi mortificava quanto il nano della Regina che, essendo della più bassa statura che mai si fosse vista in quel paese (perché in verità penso non arrivasse a trenta piedi), appena si era trovato di fronte una creatura tanto più bassa di lui, era diventato così insolente che ogni volta che mi passava davanti nell'anticamera della Regina, mentre in piedi sopra un tavolo conversavo con i gentiluomini e le dame della Corte, ostentava un'andatura spavalda e si dava arie da gigante; e raramente non metteva a segno una o due parole mordaci sulla mia piccolezza, di cui potevo vendicarmi solo chiamandolo "fratello", sfidandolo alla lotta, o con qualcuna di quelle risposte spiritose che i paggi di Corte hanno sempre sulle labbra.

Un giorno, a pranzo, questa belvetta maligna era così irritata per qualcosa che avevo detto che, arrampicatasi sul bracciolo della sedia di Sua Maestà, mi tirò su per la cintola, mentre me ne stavo seduto senza alcun sospetto, e mi lasciò cadere in una grande coppa d'argento piena di panna; poi corse via più in fretta che poté.

Sprofondai fin sopra la testa e se non fossi stato un buon nuotatore me la sarei passata molto brutta, perché si dava il caso che in quel momento Glumdalclitch fosse dall'altra parte della stanza, e la Regina era rimasta talmente terrorizzata che le mancò la presenza di spirito per prestarmi aiuto.

La mia baliettina si precipitò a soccorrermi e mi tirò fuori, ma dopo che avevo inghiottito più di un quarto di gallone di panna. Fui messo a letto, comunque non ebbi altro danno che la perdita di un completo d'abiti, che rimase irrimediabilmente rovinato.

Il nano fu frustato a dovere e costretto a bersi per ulteriore pena tutta la coppa di panna in cui mi aveva gettato, e non riacquistò mai più il favore della Regina, che subito dopo lo cedette a una dama d'alto rango, sicché non lo vidi mai più, con mia enorme soddisfazione: perché non saprei dire a quali eccessi sarebbe potuto giungere quel piccolo malandrino, spinto dal rancore.

Già prima mi aveva combinato un meschino trucchetto che aveva fatto ridere la Regina, quantunque si fosse anche molto stizzita; e, anzi, l'avrebbe immediatamente licenziato se io non fossi stato tanto generoso da intercedere.

Sua Maestà aveva preso dal piatto un ossobuco e, fatto uscir fuori il midollo, aveva rimesso l'osso dritto in piedi nel piatto, come stava prima; il nano, cogliendo l'opportunità, mentre Glumdalclitch era andata alla credenza, era montato sullo sgabello su cui lei stava sempre per prendersi cura di me durante i pasti, mi aveva afferrato con entrambe le mani e stringendo insieme le mie gambe le aveva infilzate nell'ossobuco fin oltre la cintola: e io dovetti rimanere conficcato là dentro per qualche tempo, facendo una ridicolissima figura.

Credo sia passato un minuto prima che qualcuno si rendesse conto di quel che mi era capitato; perché avevo ritenuto indegno abbassarmi a gridare.

Tuttavia, poiché capita di rado che ai principi il cibo giunga ancora caldo, non mi scottai le gambe, solo mi ridussi calze e brache in tristissimo stato. Quella volta il nano, per mia intercessione, aveva avuto solo una solenne frustata.

Venivo frequentemente canzonato dalla Regina per i miei timori: mi domandava se la gente del mio paese fosse tutta codarda come me. Ma la faccenda era nata così. In estate quel reame è molto importunato dalle mosche; e questi odiosi insetti, grandi quanto le allodole di Dunstable, mentre sedevo a pranzo non mi davano pace con il loro continuo ronzare e frusciare alle mie orecchie. A volte si posavano sulle cibarie e ci lasciavano sopra uova ed escrementi nauseabondi, a me ben visibili, mentre non lo erano per i nativi di quel paese, la cui capacità visiva era di ampio raggio però non acuta come la mia nell'individuare gli oggetti più piccoli. A volte mi si appiccicavano sul naso o sulla fronte e mi pungevano sul vivo, con una puzza insopportabile; potevo persino seguire facilmente le tracce che lasciavano, di quella materia viscosa che i nostri naturalisti dicono renda loro possibile camminare con i piedi sopra il soffitto.

Facevo una gran fatica a difendermi da quei detestabili animali, e non potevo fare a meno di sobbalzare quando mi venivano sulla faccia. E la prodezza abituale del nano era: catturare nella mano un buon numero di questi insetti, come da noi fanno gli scolari, e liberarli di colpo sotto il mio naso allo scopo di terrorizzare me e divertire la Regina.

Il mio rimedio era farli a fette col coltello mentre volavano per aria, e la mia destrezza veniva molto ammirata.

Ricordo una mattina che Glumdalclitch mi aveva sistemato nella mia scatola sopra il davanzale di una finestra, come abitualmente faceva nelle giornate di tempo buono per darmi un po' d'aria (perché non mi arrischiavo a permettere che la scatola venisse appesa a un chiodo fuori della finestra, come facciamo in Inghilterra con le gabbiette degli uccellini) e io avevo aperto una delle mie finestre e sedevo a tavola a mangiare un pezzo di dolce per colazione: subito, una ventina di vespe, attirate dall'odore, mi volarono dentro la stanza, ronzando più forte dei bordoni di molte cornamuse. Alcune si impadronirono della torta e la portarono via pezzo per pezzo; altre mi giravano intorno alla testa e alla faccia stordendomi col loro frastuono e gettandomi nella più tremenda paura dei loro pungiglioni.

Tuttavia ebbi il coraggio d'alzarmi, prendere il pugnale e attaccarle per aria. Ne feci fuori quattro, il resto scappò via e quindi chiusi la finestra.

Quegli insetti erano grossi come pernici. Tolsi loro i pungiglioni e scoprii che erano lunghi un pollice e mezzo, appuntiti come aghi. Li ho conservati con cura e li ho poi mostrati insieme ad altre curiosità in diverse parti d'Europa; dopo il mio ritorno in Inghilterra ne ho donati tre al Gresham College e ho tenuto il quarto per me.

Capitolo IV

Descrizione della Corte – Una proposta di correzione delle moderne mappe – Il palazzo del Re e qualche ragguaglio sulla capitale – Il modo di viaggiare dell'Autore – Descrizione del tempio principale

Intendo ora dare al lettore una breve descrizione del paese, per quel tanto che vi ho viaggiato, cioè per non più di duemila miglia intorno a Lorbrulgrud, la capitale. Perché la Regina, al cui servizio io rimasi tutto il tempo, quando accompagnava il Re nelle sue uscite di Stato non andava mai oltre; lì si fermava fino a che Sua Maestà non ritornava dall'ispezione alle frontiere.

I domini di quel sovrano si estendono per quasi seimila miglia in lunghezza e dalle tre alle cinquemila in larghezza. Per cui non posso non concludere che i nostri geografi europei sono in grave errore quando suppongono che non ci sia null'altro che mare tra il Giappone e la California; io sono sempre stato dell'opinione che ci dovesse essere un contrappeso di terraferma per bilanciare il grande continente della Tartaria, ma adesso loro pure dovrebbero decidersi a correggere mappe e carte nautiche, aggiungendo questa vasta distesa di terra alle regioni di nord-ovest dell'America; e nel caso sarei disposto a prestare il mio aiuto.

Quel regno è una penisola, limitata a nord-est da una catena di montagne alte trenta miglia, assolutamente invalicabili a causa dei vulcani che ci sono sopra le cime; per cui neppure i massimi sapienti sanno che sorta di mortali abitino al di là di quelle montagne, o se non vi siano affatto terre abitate. Dagli altri tre lati il paese è circondato dall'oceano, né c'è alcun porto possibile in tutto il regno; le zone costiere dove sfociano i fiumi sono così piene di rocce appuntite, e il mare è generalmente così violento che non ci si può avventurare nemmeno col più piccolo dei loro battelli. Quindi, quel popolo è interamente escluso da qualsiasi commercio con il resto del mondo.

Ma i loro grandi fiumi sono pieni di vascelli e abbondano di eccellente pesce, perciò raramente ne prendono dal mare. Anche per il fatto che i pesci del mare sono delle stesse dimensioni di quelli d'Europa, di conseguenza non hanno interesse a pescarli. E da ciò appare chiaro che la natura si limita a produrre piante e animali di così straordinaria mole solo in quel continente: ne lascio spiegare la ragione ai filosofi.

Comunque, di quando in quando prendono una balena, se succede che vada a sbattere contro le rocce, e la gente comune se la mangia molto volentieri. Mi hanno detto che queste balene sono così grosse che uno di loro fa fatica a portarsele in spalla, così a volte si servono di cestoni per trasportarle a Lorbrulgrud come oggetto di curiosità. Io ne vidi una, che passava per rarità, in un piatto da portata alla tavola del Re, che non mi pareva ne andasse matto; anzi, credo che la sua grandezza proprio lo disgustasse, benché in Groenlandia io ne avessi vista una anche più grande.

Il paese è assai popolato, contiene cinquantuno grandi città, un centinaio di altre città cinte di mura e un gran numero di villaggi. Per soddisfare la curiosità del lettore sarà sufficiente descrivere Lorbrulgrud.

La capitale sorge sulle sponde di un fiume, che l'attraversa dividendola in due parti quasi uguali. Contiene più di ottantamila case. Misura tre *glonglungs* di lunghezza (che fanno circa cinquantaquattro miglia inglesi) e due e mezzo di larghezza, come ho rilevato io stesso dalla mappa reale eseguita per ordine espresso del Re che, stesa per terra apposta per me, risultava lunga un centinaio di piedi; contando i passi ne ho controllato diverse volte, a piedi nudi, diametro e

...alcune vespe mi giravano intorno alla testa e alla faccia stordendomi col loro frastuono e gettandomi nella più tremenda paura dei loro pungiglioni. Tuttavia ebbi il coraggio d'alzarmi, prendere il pugnale e attaccarle per aria.

p. 125

...mi piombò addosso una dozzina di mele, grosse quasi quanto un barile di Bristol; e una mi colpì in mezzo alla schiena...

p. 133

circonferenza, e calcolando secondo la scala ne ho ricavato una misura abbastanza esatta.

Il palazzo del Re non è un edificio regolare, ma un ammasso di costruzioni con un perimetro di sette miglia: le stanze di rappresentanza sono in genere alte duecentoquaranta piedi e larghe e lunghe in proporzione.

A Glumdalclitch e a me fu assegnata una carrozza, nella quale la sua istitutrice frequentemente la portava fuori a vedere la città o a girare per i negozi; e io ero sempre della partita, trasportato nella mia scatola, sebbene spesso la ragazzina, a mia richiesta, mi tirasse fuori e mi tenesse in mano, perché potessi vedere meglio le case e la gente che passava per le strade. Valutai che la nostra carrozza avesse una superficie pari a quella di Westminster-Hall, ma non era altrettanto alta, comunque non posso essere del tutto esatto.

Un giorno l'istitutrice ordinò al nostro cocchiere di fermarsi in diversi negozi, e ovunque i mendicanti, adocchiata un'occasione buona, si affollarono ai lati della carrozza e mi offrirono il peggior spettacolo che mai un occhio europeo avesse visto.

C'era una donna con un cancro al petto, gonfio in misura mostruosa, pieno di buchi in due o tre dei quali io sarei potuto penetrare facilmente e nascondermici tutto intero. C'era un poveraccio con una natta nel collo più grossa di cinque balle di lana, e un altro con due gambe di legno alte una ventina di piedi ciascuna. Ma la vista più ripugnante di tutte fu quella dei pidocchi che strisciavano tra gli abiti: potevo chiaramente distinguere a occhio nudo, molto meglio di quanto si possano vedere quelle di un pidocchio europeo attraverso il microscopio, tutte quante le parti del corpo di quei parassiti, e il loro grugno, con cui grufolano come suini. Erano i primi che avessi mai osservato, e sarei stato proprio curioso di dissezionarne uno se avessi avuto gli strumenti adatti (che purtroppo avevo lasciato sulla nave), malgrado la loro vista fosse davvero tanto nauseabonda che mi aveva completamente rivoltato lo stomaco.

Oltre alla grossa scatola in cui venivo abitualmente trasportato, la Regina ordinò che me ne fosse fatta una più piccola, larga una dozzina di piedi quadrati e alta dieci, più comoda nei viaggi, perché l'altra era un po' troppo grossa per stare in grembo a Glumdalclitch e troppo ingombrante in una carrozza; fu fabbricata dallo stesso artigiano, che io diressi durante tutta la progettazione.

La cameretta da viaggio era un quadrato esatto, con una finestra nel mezzo di tre delle pareti ad angolo retto; e ciascuna finestra verso l'esterno aveva una grata di fili di ferro per prevenire incidenti nei lunghi viaggi. Nella quarta parete, che non aveva finestra, erano fissati due forti grappe, nelle quali la persona che mi trasportava quando avevo voglia di viaggiare a dorso di cavallo faceva passare una cinghia di cuoio, che si allacciava attorno alla vita. Questo era sempre compito di qualche servo serio e leale, di cui mi potevo fidare, sia che seguissi il Re e la Regina nelle loro uscite di Stato, sia che mi venisse voglia di vedere i giardini, quando succedeva che Glumdalclitch fosse indisposta, o di far visita nella Corte stessa a qualche gran dama o ministro di Stato: perché ben presto cominciai a essere conosciuto e stimato dai grandi funzionari, più in considerazione del favore di cui godevo presso le Loro Maestà, suppongo, che dei miei propri meriti.

Durante i viaggi, quando ero stanco della carrozza, un servo a cavallo agganciava a sé la scatola e se la posava davanti su un cuscino; e da lì godevo una perfetta vista del paese, su tre lati, dalle mie tre finestre.

Nella cameretta da viaggio avevo un letto da campo e un'amaca appesa al soffitto, due sedie e un tavolo, accuratamente avvitati al pavimento per impedire che venissero sballottati in giro dai sobbalzi del cavallo e della carrozza. Per la mia lunga consuetudine con i viaggi di mare, quei sommovimenti, anche se talvolta erano molto violenti, non mi scombussolavano troppo.

Quando avevo voglia di vedere la città, era sempre dentro la mia cameretta da viaggio che Glumdalclitch mi portava in grembo, in una sorta di portantina aperta, secondo la moda del paese, portata da quattro uomini e seguita da altri due con indosso la livrea della Regina. La gente, che aveva spesso sentito parlare di me, si affollava piena di curiosità attorno alla portantina; e la ragazzina era tanto compiacente da far fermare i portatori e da prendermi in mano per mettermi meglio in mostra.

Ero molto desideroso di vedere il tempio principale, e soprattutto la torre annessa, che è ritenuta la più alta nel regno. Di conseguenza, un giorno la mia balietta mi ci portò; ma in verità posso dire che me ne tornai deluso. Non supera infatti i tremila piedi d'altezza, calcolati da terra alla punta del pinnacolo più alto, che se si considera la differenza di mole tra quella gente e noi dell'Europa non è poi tutta questa meraviglia, in proporzione non eguaglia nemmeno (se ricordo bene) il campanile di Salisbury. Ma per non sminuire il prestigio di una nazione verso la quale mi riterrò estremamente obbligato per tutta la vita, bisogna ammettere che quanto manca a questa torre in altezza, è ampiamente compensato dalla sua bellezza e robustezza. Perché i muri sono spessi quasi cento piedi, costruiti in blocchi di pietra viva di una quarantina di piedi quadrati ciascuno, e ornati da tutti i lati di statue intagliate nel marmo, di dei e imperatori, più grandi che al naturale, collocate in nicchie separate.

Ho misurato un dito mignolo che era caduto giù da una delle statue e giaceva non visto tra i rifiuti, e ho trovato che era esattamente lungo quattro piedi e un pollice. Ricordo che Glumdalclitch lo avvolse in un fazzoletto e se lo portò a casa in tasca, per conservarlo insieme con certe altre sciocchezzuole che alla ragazzina piacevano molto, come di solito piacciono a tutti i bambini della sua età.

La cucina del Re è davvero un nobile edificio, coronata da una volta, alta circa seicento piedi. Il grande forno per soli dieci passi non è ampio quanto la cupola di St. Paul, che ho misurato apposta dopo il mio ritorno. Ma se dovessi descrivere la griglia della cucina, gli enormi recipienti e bollitori, i pezzi di carne che giravano sugli spiedi e molti altri particolari, difficilmente verrei creduto, forse, o per lo meno un critico severo sarebbe propenso a ritenere che ho esagerato un po', come spesso si sospetta che i viaggiatori facciano.

Temo di essermi spinto, per evitare quest'accusa, troppo all'estremo opposto, tanto che se questo saggio venisse per caso tradotto nella lingua di Brobdingnag (che è il nome dato all'intero reame) e fosse portato là, il Re e il suo popolo avrebbero ragione di risentirsi: perché ho recato loro offesa, dandone un'immagine falsa e riduttiva.

Sua maestà raramente tiene nelle sue scuderie più di seicento cavalli, che in genere sono alti da cinquantaquattro a sessanta piedi. Ma quando va fuori nelle festività più solenni ha una scorta di Stato di cinquecento miliziani a cavallo, che davvero ritenni la più splendida vista che si potesse mai godere, finché non vidi una parte del suo esercito schierato in ordine di battaglia: ma avrò un'altra occasione per parlare di ciò.

Capitolo V

Alcune avventure capitate all'Autore – L'esecuzione di un criminale – L'Autore mostra la sua abilità nella navigazione

Sarei vissuto abbastanza felice in quel paese, se la mia piccolezza non mi avesse esposto a parecchi ridicoli e fastidiosi incidenti; proverò a riferirne qualcuno.

Spesso Glumdalclitch mi portava nei giardini di Corte, nella scatola più piccola, e talvolta mi tirava fuori e mi reggeva in mano, o mi metteva giù per camminare. Ricordo che un giorno, prima che lasciasse la Regina, ci seguì nei giardini il nano; la balietta mi aveva messo giù, io e il nano stavamo l'uno accanto all'altro vicino a certi alberi di mele, nani, e così sentii il bisogno di mostrare la mia prontezza di spirito con uno sciocco gioco di parole, che si dava il caso fosse possibile nella loro lingua come nella nostra, tra lui e quegli alberi. Dopo di che, appena arrivai a camminarci sotto, il maligno furbacchiotto colse l'occasione e scosse l'albero sopra la mia testa, per cui mi piombò addosso una dozzina di mele, grosse quasi quanto un barile di Bristol; e una mi colpì in mezzo alla schiena, perché in quel momento mi ero per caso curvato, e mi mandò steso per terra a faccia in giù; ma non mi feci alcun male e il nano fu perdonato, dietro mia richiesta, perché gli avevo dato io la provocazione.

Un altro giorno Glumdalclitch mi lasciò sopra un soffice prato perché mi svagassi per conto mio, mentre lei camminava a qualche distanza con l'istitutrice. In quel momento cadde all'improvviso uno scroscio di grandine così violento che fui immediatamente sbattuto a terra dalla sua forza, e una volta steso giù, i chicchi della grandine mi diedero certe crudeli botte su tutto il corpo, come se fossi bersagliato con palle da tennis.

Comunque, strisciai a quattro zampe fino a mettermi al riparo, sdraiato a faccia in giù, sottovento, contro una bordura di timo limoncello, e me la cavai: ma così ammaccato dalla testa ai piedi, che per dieci giorni non potei uscire. E non c'è da meravigliarsi perché la natura, in quel paese, mantiene l'identica proporzione in tutte le sue manifestazioni, per cui un chicco di grandine è all'incirca milleottocento volte più grosso di uno di quelli d'Europa; lo posso asserire per esperienza diretta, avendo avuto la curiosità di pesarli e misurarli.

Ma un incidente molto più pericoloso mi capitò, nello stesso giardino, quando la mia baliettina, che aveva lasciato la scatola a casa per evitare il fastidio di portarla, messomi a terra come spesso la supplicavo di fare per avere il piacere di pensare in solitudine, se n'andò in un'altra parte del giardino con l'istitutrice e alcune signore di sua conoscenza, credendo di avermi sistemato in un posto sicuro.

Mentre era assente e fuori portata di udito, un piccolo spaniel bianco che apparteneva a uno dei capi giardinieri, entrato chissà come nel giardino, si trovò a vagabondare vicino a dove stavo. Il cane, seguendo il suo fiuto, mi fu subito addosso, mi prese in bocca, mi portò dritto dal suo padrone agitando la coda, e mi pose delicatamente per terra. Per fortuna era stato addestrato così bene che mi trasportò tra i denti senza farmi il minimo danno, senza nemmeno strapparmi i vestiti. Ma il povero giardiniere, che mi conosceva bene e aveva grande simpatia per me, si prese una paura terribile.

Mi tirò su con delicatezza, con entrambe le mani, e mi domandò come stavo; ma io ero così confuso e senza fiato che non potevo spiccicar parola. In pochi minuti tornai in me, e lui mi riportò sano e salvo dalla mia baliettina, che nel frattempo era tornata nel posto dove mi aveva lasciato ed era in un'angoscia crudele, perché non comparivo e non rispondevo alle sue chiamate, sicché rimproverò severamente il giardiniere in quanto responsabile del cane.

Ma la cosa finì lì, né mai si riseppe a Corte, perché la ragazzina aveva paura che la Regina si arrabbiasse; e quanto a me, io pure in verità pensavo che non avrebbe fatto gran bene alla mia reputazione se fosse andata in giro una storia del genere.

Questo incidente indusse inesorabilmente Glumdalclitch a non fidarsi più in futuro a perdermi di vista.

Da tanto io temevo questa decisione; e perciò le avevo tenuto nascoste alcune piccole avventure spiacevoli che mi erano successe nei momenti in cui ero lasciato solo.

Una volta, un nibbio, che si librava sopra il giardino, si tuffò sopra di me, e se non avessi risolutamente estratto il pugnale e non fossi corso sotto una folta spalliera, mi avrebbe sicuramente portato via tra i suoi artigli. Un'altra volta, camminando in cima a un monticello scavato di fresco da una talpa, sprofondai fino al collo nel buco da cui l'animale aveva estratto la terra e m'inventai non so più quale bugia per scusarmi d'aver rovinato i vestiti. E un'altra volta ancora mi scorticai lo stinco destro sul guscio di una lumaca contro cui mi capitò di inciampare, mentre camminavo da solo, pensando alla povera Inghilterra.

Non posso dire se fossi più compiaciuto o mortificato nel notare, in quelle mie solitarie passeggiate, che gli uccelli più piccoli sembravano non aver affatto paura di me, anzi, mi saltellavano attorno a meno di una iarda, cercando vermi e altro cibo con la massima indifferenza e tranquillità, come se vicino a loro non vi fosse alcun'altra creatura. Un tordo si azzardò persino, ricordo, a strapparmi di mano col becco un pezzo di torta che Glumdalclitch mi aveva appena dato per la colazione. Quando tentavo di acchiapparne uno, questi uccelli mi si rivoltavano baldanzosamente contro cercando di beccarmi le dita, che non mi arrischiavo certo a lasciare alla loro portata; dopo, però, tornavano saltellando a cacciare vermi o lumache senza paura, come facevano prima.

Un giorno presi una bella mazza e la scagliai contro un fanello con tutta la mia forza, e con tanta fortuna che lo feci cascar giù: e allora, afferratolo per il collo con entrambe le mani, corsi trionfante a portarlo dalla balietta. L'uccello, comunque, che era solo stordito, si riprese e, benché lo reggessi con le braccia tese in avanti e per i suoi artigli fossi fuori tiro, mi diede con le ali, da entrambi i lati, tanti colpi sulla testa e sul corpo che una ventina di volte almeno pensai di lasciarlo andare. Ma fui soccorso in tempo da due servi, che gli torsero il collo; e il giorno successivo lo ebbi per pranzo, per ordine della Regina. Mi sembra che il fanello fosse, se ricordo bene, un po' più grosso di un cigno inglese.

Le damigelle d'onore spesso invitavano Glumdalclitch nelle loro stanze e le chiedevano di portarmi con sé, per avere il piacere di vedermi e toccarmi. Spesso mi spogliavano tutto nudo, da capo a piedi, e mi infilavano dritto in seno, con mio grande disgusto perché, in tutta sincerità, dalla loro pelle veniva un odore molto fastidioso; del che faccio menzione non per parlar male di quelle eccellenti dame, per le quali ho il più completo rispetto, ma per dire che i miei sensi erano molto più acuti, immagino, in rapporto alla mia piccolezza; però quelle illustri persone non erano più sgradevoli per i loro amanti, o l'una all'altra, di quanto la gente dello stesso rango non lo sia da noi in Inghilterra. E dopo tutto, trovavo che il loro naturale sentore era molto più sopportabile dei loro profumi, per effetto dei quali io svenivo immediatamente.

Non posso dimenticare che un mio intimo amico, a Lilliput, si prese la libertà in un giorno caldo, dopo che avevo fatto molto esercizio fisico, di lamentarsi del forte odore che emanavo; benché io sia da questo lato ben poco reprensibile, come la maggior parte di quelli del mio sesso: ma, suppongo, la loro percezione degli odori era superiore rispetto alla mia quanto la mia lo era a quella di quest'altro popolo.

Su tale punto, infine, non posso esimermi dal rendere giustizia alla Regina mia padrona e a Glumdalclitch, la mia balietta, le cui persone erano così gradevoli come quelle di qualsiasi signora in Inghilterra.

Ciò che mi dava maggior disagio, tra quelle damigelle d'onore, quando la mia balietta mi portava in visita da loro, era vedere che con me non usavano alcun riguardo, alcuna cerimonia, come con una creatura che non ha alcuna importanza. Così, si toglievano via tutto sino alla pelle e si infilavano la camicia in mia presenza, mentre stavo sulle loro tolette, proprio davanti ai loro corpi nudi; che erano ben lungi, certo, dall'essere per me una visione tentatrice o dal darmi qualsiasi altra sensazione che l'orrore e il disgusto.

La loro pelle appariva così ruvida e irregolare, così variamente colorata quando la vedevo da vicino, con qua e là un neo largo come un tagliere e peli che ne penzolavano fuori, spessi come corde da pacco; per non dire nient'altro circa il resto delle loro persone. Né si facevano scrupolo, mentre ero lì, di scaricare quel che avevano bevuto, due barilotti come minimo, in un recipiente che teneva più di tre botti.

La più bella delle damigelle d'onore, un'allegra ragazza sedicenne, a volte si divertiva a mettermi a cavalcioni su un capezzolo, oltre che con una quantità d'altri giochetti di cui il lettore vorrà scusarmi se non entro nei particolari: insomma, ne fui talmente infastidito che pregai, infine, Glumdalclitch di inventare qualche scusa per non vedere mai più quella signorina.

Un giorno venne un giovane gentiluomo, nipote dell'istitutrice della mia balietta, e insistette molto con entrambe per portarle a vedere un'esecuzione. Si trattava di un uomo che aveva ucciso un suo intimo amico.

Glumdalclitch si lasciò persuadere a essere della compagnia, del tutto controvoglia, perché era per natura di cuore tenero: e quanto a me, io aborrivo un tal genere di spettacoli, tuttavia la curiosità mi spinse a vedere una cosa che pensavo dovesse essere fuori dell'ordinario.

Il malfattore venne legato a una sedia, sopra un patibolo eretto apposta, e la sua testa fu tagliata d'un sol colpo, con una spada lunga

una quarantina di piedi. Un così enorme fiotto di sangue sprizzò fuori da vene e arterie, e così alto per aria, che per tutto il tempo che durò fu superiore al grande "jet d'eau" di Versailles; e la testa, quando cadde sul pavimento del patibolo, diede un tale balzo che mi fece sussultare benché fossi distante almeno un miglio inglese.

La Regina, che spesso mi aveva sentito raccontare dei miei viaggi per mare e coglieva ogni occasione per distrarmi quando ero malinconico, mi chiese se sapevo come maneggiare una vela o un remo, e se un po' di esercizio ai remi poteva giovare alla mia salute. Io le risposi che sapevo fare le due cose molto bene, perché, sebbene il mio specifico incarico sulla nave fosse quello di medico chirurgo, tuttavia spesso, in emergenza, ero stato costretto a fare anche il lavoro di un comune marinaio. Ma non vedevo come lo potessi fare nel loro paese, dove la più piccola imbarcazione a remi era pari a una nostra nave da guerra di prim'ordine: e una barca che io potessi manovrare da solo non avrebbe resistito in nessuno dei loro fiumi.

Se però, disse Sua Maestà, io avessi progettato una barca, il suo carpentiere l'avrebbe costruita e lei avrebbe provveduto a un posto dove potessi veleggiare.

Il tipo era un artigiano ingegnoso, e dietro mie istruzioni, in dieci giorni, finì una barca da diporto con tutte le attrezzature, capace di contenere comodamente otto europei. E quando fu finita, la Regina ne fu tanto lieta che con quella nella falda del grembiule corse dal Re, il quale ordinò venisse posta con me dentro, per provarla, in una cisterna piena d'acqua; dove, tuttavia, per mancanza di spazio non potei manovrare bene le mie due palette, ossia i due piccoli remi.

Ma la Regina aveva già concepito un altro progetto. Aveva ordinato al carpentiere di fare un trogolo di legno lungo trecento piedi, largo cinquanta e profondo otto, che, bene impeciato per evitare perdite, fu posto sul pavimento accanto al muro, in una stanza del palazzo che dava all'esterno. Aveva un tappo quasi sul fondo, per lasciare uscire l'acqua quando cominciava a diventare stantia; ci voleva una buona mezz'ora prima che due servi arrivassero a riempirlo.

Lì dentro solevo remare per il divertimento mio, della Regina e delle sue dame, che trovavano molto piacevole stare a rimirare la mia abilità e destrezza. Qualche volta issavo la vela e allora tutto quello che avevo da fare era solo governare, mentre le signore mi fornivano un buon vento con i loro ventagli; e quando erano stanche, dei paggi facevano gonfiare la vela soffiando, mentre io mostravo la mia arte nel manovrare di tribordo o di babordo come più mi garbava.

Quando smettevo, Glumdalclitch riportava la barca nel suo camerino e l'appendeva a un chiodo per farla asciugare.

In questa pratica una volta ebbi un incidente tale che avrebbe potuto costarmi la vita. Perché, appena uno dei paggi ebbe messo la barca nella tinozza, l'istitutrice che accompagnava Glumdalclitch, con zelo eccessivo, mi tirò su per piazzarmici dentro, ma capitò che le scivolassi tra le dita. E sarei infallibilmente precipitato sul pavimento da un'altezza di quaranta piedi, se per la più fortunata combinazione del mondo non fossi stato fermato da uno spillone appuntato sul bustino della brava gentildonna: la punta dello spillone mi si infilò tra la camicia e la cintura delle brache e così restai sospeso in aria, preso per la vita, finché Glumdalclitch non corse in mio aiuto.

Un'altra volta uno dei servi, il cui compito era di cambiare l'acqua del trogolo ogni tre giorni, fu tanto sbadato da lasciar cadere dentro, insieme a una secchiata, un'enorme rana (di cui non si era accorto). La rana restò nascosta fino a che non fui calato nella barca, ma allora, vedendo un posto dove riposare, vi si attaccò per salirci, e fece tanto inclinare la barca da una parte che dovetti bilanciarla dall'altra con tutto il mio peso, per evitare che si capovolgesse. Quando la rana ce l'ebbe fatta a entrare, spiccò subito un balzo lungo quanto metà della barca, poi prese a saltare avanti e indietro sopra la mia testa, imbrattandomi faccia e vesti col suo odioso viscidume.

La massa sproporzionata del suo corpo la faceva apparire il più deforme animale che si potesse immaginare. Comunque, chiesi a Glumdalclitch di lasciare che me la cavassi da solo. Diedi alla rana un bel po' di colpi con il remo e alla fine la costrinsi a saltar giù dalla barca.

Ma il più grande pericolo che corsi in quel regno mi venne da una scimmia, che apparteneva a uno dei garzoni di cucina.

Glumdalclitch mi aveva chiuso a chiave nel suo camerino e se n'era andata da qualche parte per commissioni o per una visita. Era molto caldo e la finestra del camerino era stata lasciata aperta, come le finestre e la porta della mia scatola grande, dove abitualmente vivevo perché era più ampia e comoda.

Mentre sedevo tranquillo alla mia tavola a meditare, sentii che qualcuno era piombato dentro lo stanzino dalla finestra e saltava intorno da una parte all'altra; allora, benché fossi molto allarmato, trovai il coraggio di guardar fuori, senza muovermi dalla sedia, e vidi quell'esuberante animale far capriole e salti su e giù, finché alla fine si accostò alla mia scatola che sembrò rimirare con gran piacere e curiosità, sbirciando dentro dalla porta e da ogni finestra. Mi rintanai nel più distante angolo della stanza, cioè della scatola, ma la scimmia, che continuava a guardare dentro da ogni parte, mi mise in tale terrore che mi mancò la presenza di spirito di nascondermi sotto il letto, come avrei potuto facilmente fare.

Dopo qualche tempo speso a sbirciare, a far ghigni e versacci, alla fine mi scovò; e allungando una zampa dalla porta come fa una gatta quando gioca con il topo, benché io di continuo cambiassi posto per sfuggirle, mi acchiappò la falda della giacca (che essendo fatta della seta di quel paese era molto spessa e forte) e mi trascinò fuori. Mi sollevò con la zampa anteriore e mi tenne come fa una balia col bimbo che deve allattare, proprio come in Europa ho visto fare a creature della sua stessa specie con un gattino; e quando accennai a divincolarmi, mi strizzò così forte che ritenni più prudente sottomettermi. Avevo buone ragioni di credere che mi avesse preso per un piccolo della sua stessa specie, perché con l'altra zampa mi carezzava di continuo la faccia con delicatezza.

Tale divertimento le fu interrotto da un rumore alla porta del camerino, come se qualcuno la stesse aprendo; al che saltò di colpo alla finestra da cui era entrata e di là via per tubi e grondaie, camminando su tre zampe e reggendomi con la quarta, fino a che si arrampicò sul tetto vicino al nostro.

Avevo udito Glumdalclitch lanciare un urlo straziante nel momento in cui mi stava portando via. La poverina era proprio sconvolta. E tutta quell'ala del palazzo fu subito in tumulto; i servi corsero a procurare delle scale; centinaia di persone della Corte stavano là a guardare la scimmia che, seduta sul colmo del tetto di un edificio, mi teneva con una delle zampe davanti come fossi un suo piccolo, mentre con l'altra mi nutriva, rimpinzandomi la bocca di cibarie biascicate che estraeva dalla sacca all'interno della propria ganascia e dandomi dei buffetti affettuosi quando non volevo mangiare, tanto che molti della folla accalcata di sotto non potevano trattenersi dal ridere; e non credo fossero da biasimare perché, senza dubbio, la scena era molto ridicola per tutti, tranne che per me.

Qualcuno tra la gente scagliò in su delle pietre, sperando di far scendere la scimmia; ma ciò venne severamente proibito, se no mi avrebbero probabilmente fatto schizzar fuori le cervella.

Le scale erano ormai appoggiate, e parecchi uomini stavano salendo; la scimmia li notò e vedendosi quasi accerchiata, e non essendo in grado di correre abbastanza veloce su tre sole gambe, mi depositò su una tegola del culmine del tetto e si diede alla fuga.

Restai seduto lassù per qualche tempo, a cinquecento iarde da terra, aspettandomi ogni momento di essere spinto giù da un soffio di vento o di cadere per le vertigini e rotolare dal culmine alle grondaie. Ma un bravo ragazzo, uno dei valletti della mia baliettina, s'arrampicò fin su, mi pose nella tasca delle sue brache e mi riportò giù sano e salvo.

Quasi soffocavo per la robaccia sozza che la scimmia mi aveva ficcato in gola; ma la mia cara baliettina prese a tirarmela fuori di bocca pezzo a pezzo con un aghetto; e dopo riuscii a vomitare, il che mi diede gran sollievo. Ero così debole e così dolorante ai fianchi per le strizzate datemi da quell'odioso animale, che fui costretto a letto per una quindicina di giorni.

Il Re, la Regina e tutta la Corte mandavano a prendere notizie della mia salute ogni giorno; e Sua Maestà la Regina mi fece anche parecchie visite durante la malattia. La scimmia fu uccisa e fu emanato l'ordine che non si tenesse attorno al palazzo nessun animale del genere.

Quando andai dal Re, dopo che mi fui ristabilito, per ringraziarlo dei suoi favori, egli si divertì molto a prendermi in giro per quell'avventura.

Mi chiese quali fossero stati i miei pensieri e le mie speculazioni filosofiche mentre stavo nella zampa della scimmia; se mi piacevano le cibarie che mi dava, la sua maniera di nutrirmi, e se l'aria fresca sul tetto mi aveva stimolato l'appetito.

Voleva sapere cosa avrei fatto in un'occasione simile al mio paese. Spiegai a Sua Maestà che in Europa non abbiamo scimmie, tranne alcune, portate da altri posti come curiosità, così piccole che avrei potuto tenerne a bada un'intera dozzina, se avessero osato attaccarmi. E quanto al mostruoso animale con cui avevo avuto a che fare poco prima (che era davvero grosso come un elefante) se il terrore mi avesse permesso di pensare con tanta lucidità da poter far uso del pugnale (e mentre parlavo lanciavo sguardi feroci e battevo rumorosamente la mano sull'impugnatura), quando aveva cacciato la sua zampa dentro la mia camera gli avrei magari appioppato una ferita tale che sarebbe stato ben felice di ritrarla più in fretta di come ce l'aveva infilata.

Asserii tutto questo in tono fermo, da persona che non tollera nemmeno il sospetto che venga posto in dubbio il suo coraggio. Comunque, il mio discorso non produsse nient'altro che una fragorosa risata che, nonostante il rispetto dovuto a Sua Maestà, quelli che gli stavano attorno non potettero trattenere.

Ciò mi fece riflettere su quanto vano sia lo sforzo di un uomo per tentare di farsi onore tra gente con cui sia ben lungi dal poter stabilire un rapporto di parità o neppure un raffronto. E tuttavia, dopo il mio ritorno, ho visto molto di frequente lo stesso mio comportamento di allora in Inghilterra, dove un qualsiasi piccolo disprezzabile briccone, senza alcun titolo né per nascita né per meriti personali, per intelligenza o buon senso, può avere la presunzione di presentarsi come uno importante e di mettersi allo stesso livello delle più grandi personalità del regno.

Ogni giorno ero fonte di storielle ridicole, per l'intera Corte; e Glumdalclitch, benché mi amasse alla follia, era tuttavia tanto birichina da informare la Regina appena commettevo una qualche stravaganza che pensava potesse divertire Sua Maestà. Come la volta che la ragazzina si era sentita poco bene ed era stata condotta dall'istitutrice a prendere aria a un'ora di distanza, ossia a trenta miglia dalla città.

Erano scese dalla carrozza vicino a un viottoletto tra i campi, Glumdalclitch aveva posto a terra la mia scatola da viaggio e io ne ero uscito fuori per camminare.

Sul sentiero c'era dello sterco di vacca e volli mettere alla prova la mia agilità cercando di saltarlo. Presi la rincorsa, ma sfortunatamente feci un salto troppo corto, e mi ci ritrovai proprio nel centro, giù fin oltre il ginocchio. Lo guadai passo passo, con una certa difficoltà, e uno dei valletti mi strofinò e mi ripulì come meglio poté col suo fazzoletto; ma ero così disgustosamente sporco, che la mia balietta mi tenne confinato nella scatola fino a che non tornammo a casa. E lì, la Regina fu subito informata di cos'era successo e il valletto ne sparse voce in giro per tutta la Corte, sicché per alcuni giorni ci fu un gran ridere, a mie spese.

Capitolo VI

Alcune trovate dell'autore per compiacere il Re e la Regina – Egli mostra la sua abilità nella musica – Il Re chiede informazioni sullo stato dell'Europa e l'Autore gliele fornisce – Osservazioni del Re in materia

Ero solito assistere alla levata del Re una o due volte la settimana e spesso lo vedevo sotto le mani del barbiere, il che davvero era, all'inizio, assolutamente terribile da sopportare, perché il rasoio era lungo almeno il doppio di una falce normale. Sua Maestà, secondo il costume del paese, si faceva radere solo due giorni la settimana.

Una volta convinsi il barbiere a darmi un po' di schiuma di sapone, da cui estrassi quaranta o cinquanta dei più forti mozziconi di pelo. Presi un pezzo di legno fine, lo tagliai come il dorso di un pettine e vi feci diversi buchi a uguale distanza con un piccolo ago che riuscii a ottenere da Glumdalclitch. Vi fissai poi i tronconi di barba, raschiandoli e tagliandoli di sguincio in punta con il mio coltello, così a regola d'arte da farne un pettine più che passabile, che rimpiazzò ottimamente il mio, ormai con tanti di quei denti rotti da essere quasi inusabile: del resto non ho mai conosciuto in quel paese un artigiano così minuzioso e preciso da prendersi la briga di farmene un altro.

E ciò mi fece venire l'idea di un divertimento in cui spesi molte delle mie ore libere.

Chiesi alla cameriera della Regina di tenermi da parte i capelli di Sua Maestà rimasti sul pettine, e col tempo ne misi insieme una buona quantità; mi consultai con il mio amico ebanista, che aveva ricevuto l'ordine di massima di fare per me dei lavoretti, e gli diedi istruzioni su come costruire due armature di sedie, non più grandi di quelle che avevo nella scatola, e praticarvi piccoli buchi tutt'intorno, con un sottile punteruolo, nelle parti che avevo progettato come schienale e sedile; quindi, scelti i capelli più resistenti, li intrecciai passandoli in quei buchi, proprio alla maniera delle sedie incannucciate in Inghilterra.

Quando furono finite ne feci dono a Sua Maestà, che le custodiva poi nel suo gabinetto e soleva mostrarle come curiosità: e davvero suscitavano la meraviglia di chiunque le vedeva. La Regina avrebbe voluto che mi sedessi su una di quelle sedie, ma io assolutamente rifiutai di obbedirle, protestando che avrei preferito morire di mille morti piuttosto che posare una poco onorevole parte del mio corpo sui preziosi capelli che una volta avevano adornato la testa di Sua Maestà.

Con i regali capelli (poiché ho sempre avuto una speciale ingegnosità per i lavori manuali) feci anche una piccola borsa lunga cinque piedi, con il nome di Sua Maestà simboleggiato in un monogramma a lettere d'oro, che con il consenso della Regina diedi a Glumdalclitch. A dire la verità era più per farne mostra che uso, non avendo la robustezza per sostenere il peso delle monete più grosse, e infatti la piccola non ci teneva dentro niente, tranne le coserelle tanto amate dalle bambine.

Il Re, che si dilettava di musica, dava frequenti concerti a Corte, e talvolta mi portavano ad ascoltarli; mi sistemavano su un tavolo, dentro alla mia scatola. Ma a stento distinguevo le note, tanto era grande il frastuono. Sono convinto che non potreste sentirne uno uguale nemmeno se vi venissero a battere e suonare nelle orecchie, tutti insieme, i tamburi e le trombe di un'intera armata reale.

Era mia regola far spostare la scatola il più lontano possibile dal posto dove sedevano i suonatori, chiudere porte e finestre e abbassare le cortine, dopo di che trovavo la loro musica non troppo sgradevole.

Avevo imparato in gioventù a suonare un po' la spinetta; Glumdalclitch ne aveva una nella sua stanza e un maestro veniva a darle lezioni due volte la settimana: io la chiamo spinetta, perché in qualche modo rassomigliava a questo strumento e si suonava allo stesso modo. E insomma mi venne la bizzarra idea che con quello strumento avrei potuto intrattenere il Re e la Regina con un'aria inglese. Però apparve subito estremamente difficoltoso, perché la spinetta era lunga quasi sessanta piedi e ogni tasto era largo almeno un piede, sicché pur con le braccia stese al massimo non potevo raggiungere più di cinque tasti; e per schiacciarli dovevo dare tremendi colpi di pugno, con una fatica insostenibile e senza risultato.

Ecco il metodo che inventai. Preparai due bastoni arrotondati, della grossezza di un comune randello, più spessi da un capo che dall'altro, e ricoprii la parte più spessa con un pezzo di pelle di topo, per non rovinare la superficie dei tasti battendovi sopra e per non strozzare il suono.

Davanti alla spinetta fu sistemata una panca, quattro piedi più bassa dei tasti, io fui posto sulla panca e poi, lì sopra, mi misi a correre per il lungo, avanti e indietro, più veloce che potevo, battendo i tasti giusti con i miei due bastoni, e così arrivai a suonare una giga, con grande soddisfazione di entrambe le Loro Maestà: ma fu l'esercizio fisico più violento che mai avessi intrapreso, e comunque non riuscii a battere più di sedici tasti, e di conseguenza non potei suonare il basso e il violino insieme, come ogni artista fa; il che limitò molto la mia esibizione.

Il Re, che come ho prima osservato, era un principe di eccezionale intelligenza, ordinava di frequente che gli fossi portato, nella mia scatola, e che venissi posto sul tavolo del suo studiolo privato. Poi mi comandava di tirare fuori dalla scatola una delle sedie e di sedere a tre iarde di distanza, in cima allo scrittoio, che mi permetteva di stare quasi al livello della sua faccia. In tal modo ebbi parecchie conversazioni con lui.

Un giorno mi presi la libertà di dire a Sua Maestà che il disprezzo che rivelava per l'Europa, e per il resto del mondo, non sembrava in armonia con tutte le eccellenti doti intellettuali di cui era padrone. Gli dissi che la ragione non aumenta in proporzione alla mole del corpo: al contrario, al nostro paese osserviamo che le persone più alte ne sono spesso meno provviste. Dissi che, tra gli animali, api e formiche godono fama di maggiore operosità, ingegnosità e sagacia di molte altre specie più grosse. E che, per quanto mi ritenesse insignificante, speravo di poter vivere per rendere a Sua Maestà qualche segnalato servigio.

Il Re mi ascoltò con attenzione; e cominciò a nutrire un'opinione di me molto migliore di quella che avesse mai avuto prima. Mi chiese se gli fornivo le più precise informazioni possibili sul governo dell'Inghilterra, perché, pur profondamente legato alle proprie usanze come in genere lo sono tutti i principi (dai miei precedenti discorsi, s'era fatto l'idea che fossero così anche gli altri), sarebbe stato contento di sentire cose che forse poteva essere utile imitare.

Immàginati, cortese lettore, quanto io abbia allora desiderato di possedere la lingua di Demostene o di Cicerone, per riuscire a celebrare le lodi del mio caro paese natio in uno stile degno dei suoi meriti e della sua prosperità.

Ho incominciato il discorso informando Sua Maestà che i nostri domini consistevano in due isole, ma comprendevano tre potenti regni sotto un unico sovrano, oltre alle colonie d'America. Mi soffermai a lungo sulla fertilità del nostro suolo, sulla mitezza del clima. Poi parlai largamente della costituzione del parlamento inglese, formato, per una parte, da un illustre organismo chiamato camera dei "pari", persone di sangue nobilissimo, titolari dei patrimoni più vasti e antichi.

Descrissi la straordinaria cura sempre posta nella loro educazione, nelle arti e nelle armi, per prepararli a essere consiglieri del Re e del regno per diritto di nascita, a far parte del corpo legislativo, a essere membri dell'alta Corte di giustizia oltre la quale non ci può essere appello, e ad essere i campioni sempre pronti a difendere il loro principe e il loro paese con coraggio, capacità di comando, lealtà.

Dissi che costoro erano l'ornamento e il baluardo del regno; degni successori dei loro famosissimi antenati, il cui onore era stato il premio alla loro virtù, e nella cui discendenza mai si era conosciuta alcuna degenerazione. A costoro si erano aggiunte, come parte integrante dell'assemblea, parecchie sante persone col titolo di vescovo, il cui peculiare compito è prendersi cura della religione e di coloro che istruiscono il popolo in essa. E questi ultimi, dissi, venivano ricercati e scovati, attraverso l'intera nazione, dal principe e dai consiglieri più saggi, tra i religiosi che si erano maggiormente e meritatamente distinti per santità di vita e profondità di erudizione ed erano davvero i padri spirituali del clero e del popolo.

Spiegai quindi che l'altra parte del parlamento consisteva in un'assemblea chiamata la camera dei "comuni", cioè dei principali gentiluomini, liberamente individuati e scelti dal popolo stesso, per le loro grandi capacità e per l'amore verso il loro paese, a rappresentare la saggezza dell'intera nazione.

E questi due corpi insieme, dissi, formavano la più augusta assemblea d'Europa, cui è affidato, unitamente al principe, l'intera attività legislativa.

Passai poi alle corti di giustizia, cui presiedono i giudici, venerabili saggi e interpreti della legge, per definire le dispute sui diritti e le proprietà degli uomini, e altresì per punire i vizi e proteggere l'innocenza.

Menzionai la prudente gestione del nostro tesoro, il valore e le gesta delle nostre forze militari di mare e di terra. Feci il conto della nostra popolazione, calcolando quanti milioni potevano appartenere a ciascuna setta religiosa o partito politico. Non omisi nemmeno gli sport e i passatempi, né alcun altro particolare che ritenevo potesse tornare a onore del mio paese. E finii con un breve resoconto storico di fatti ed eventi d'Inghilterra degli ultimi cent'anni.

Questa conversazione non terminò che dopo cinque udienze, di parecchie ore ciascuna; e il Re ascoltò tutto con grande attenzione;

prendendo nota di frequente di ciò che dicevo e appuntandosi le domande che intendeva pormi.

Quando misi fine a quei lunghi discorsi, in una sesta udienza Sua Maestà, consultando le note, avanzò molti dubbi, quesiti e obiezioni, su ogni punto.

Chiese quale metodo veniva seguito per educare le menti e i corpi dei giovani della nostra nobiltà, e in che genere di occupazioni essi trascorrevano comunemente la prima e più plasmabile parte della vita. Quale via si seguiva per reintegrare l'assemblea quando una nobile famiglia si estingueva. Quali requisiti erano necessari per coloro che dovevano essere creati nuovi "pari d'Inghilterra" o "lord"; se non era mai successo che l'ammissione fosse stata motivata dall'umore del principe, o da una somma di danaro a una dama di Corte o a un primo ministro, o dal disegno di rafforzare un partito contrario al pubblico interesse. Quale grado di conoscenza avevano questi lord delle leggi del paese, e come arrivavano a ritenersi idonei a decidere in ultima istanza sulle proprietà degli altri sudditi. Se erano sempre così liberi da avarizia, parzialità o bisogno che una bella regalia o qualche altra mira sinistra non potesse far breccia tra loro. Se quei lord ecclesiastici di cui avevo parlato erano rigidamente promossi a quel rango in base alle loro conoscenze in materia religiosa e alla santità della loro vita, e se non avevano mai assecondato interessi temporali mentre erano comuni preti; o se erano stati cappellani prostituiti come schiavi a qualche nobile, le cui direttive continuavano magari a seguire servilmente dopo che erano stati ammessi in quell'assemblea.

Voleva poi conoscere quali mai imbrogli si praticassero per eleggere quelli che avevo chiamato "comuni". Se uno straniero con una borsa robusta non potesse influenzare il volgo dei votanti a scegliere lui piuttosto che il signore del luogo o il gentiluomo dei dintorni più degno di considerazione. Come poteva accadere che la gente fosse così ardentemente smaniosa di entrare in quell'assemblea, che io avevo ammesso essere un gran fastidio e una spesa, spesso la rovina delle famiglie, senza stipendio né pensione: perché questo sembrava un esaltato eccesso di virtù e di spirito civico, e pareva che Sua Maestà avesse il dubbio che non fosse sempre sincero. Voleva quindi sapere se tali zelanti gentiluomini non potessero avere la prospettiva di ripagarsi per i costi e i fastidi cui si sottoponevano, sacrificando il bene pubblico ai disegni di un principe debole e vizioso, in combutta con un ministro corrotto.

Moltiplicava le domande e mi metteva sotto esame per ogni parte del mio discorso, ponendo innumerevoli quesiti e obiezioni che penso non sia prudente né conveniente ripetere.

In merito a quanto avevo detto delle nostre corti di giustizia, Sua Maestà desiderava avere chiarimenti su parecchi punti: e questo lo feci più agevolmente, perché io stesso ero stato quasi rovinato da una lunga causa presso la cancelleria dell'alta Corte di giustizia, definita a mio favore ma con le spese giudiziali a mio carico.

Chiese quanto tempo di solito si spendeva per determinare torto, ragione e ammontare di spesa. Se avvocati e patrocinatori avevano la libertà di difendere cause apertamente riconosciute ingiuste, vessatorie, oppressive. Se si osservava che le fazioni, religiose o politiche, avessero un certo peso sulla bilancia della giustizia. Se i difensori erano persone educate a un'ampia conoscenza delle norme generali dell'equità o se conoscevano solamente le consuetudini provinciali, nazionali o altre ancora, comunque locali. Se difensori e giudici avevano preso parte alla stesura di quelle leggi che si assumevano la libertà di interpretare e chiosare a loro piacere. Se capitava mai che in tempi diversi perorassero pro o contro nella stessa causa, citassero precedenti a prova di tesi contrarie. Se erano una corporazione ricca o povera. Se ricevevano compensi in danaro per difendere o per fornire opinioni. E, in particolare, voleva sapere se venivano mai ammessi come membri nella camera bassa, o dei "comuni".

La sua attenzione cadde infine sulla gestione del tesoro: pensava, disse, che la memoria mi avesse ingannato, perché avevo computato le nostre tasse a cinque o sei milioni l'anno e quando ero arrivato a menzionare le uscite aveva trovato che ammontavano, talvolta, a più del doppio.

Le note che aveva preso erano molto dettagliate su questo punto, poiché egli sperava, come mi disse, che la conoscenza del nostro sistema potesse essergli utile, e quindi non poteva aver sbagliato i calcoli.

Ma se quanto gli avevo detto era vero, allora non riusciva a capire come potesse un regno indebitarsi come un privato individuo. Mi domandò chi fossero i nostri creditori e dove trovassimo i soldi per pagarli.

Si stupì sentendomi parlare di guerre tanto dispendiose ed estese; disse che certamente dovevamo essere un popolo litigioso, oppure dovevamo vivere in mezzo a pessimi vicini; e che i nostri generali dovevano essere più ricchi del Re.

Domandò quali interessi avevamo al di fuori delle nostre isole, salvo la conclusione di scambi o di trattati commerciali e la difesa delle coste con la flotta.

Soprattutto, fu sbalordito sentendomi parlare di un esercito stanziale fatto di mercenari, in periodo di pace, in un popolo libero. Se eravamo governati attraverso rappresentanti eletti col nostro consenso, disse, non poteva immaginare di chi avessimo paura, o contro chi dovessimo combattere; e voleva sentire se, a parer mio, disse, la casa di un privato non potesse essere difesa meglio da lui stesso, dai suoi figli, dalla famiglia piuttosto che da una dozzina di furfanti, assoldati a ventura per le strade per pochi soldi, mentre ne ricaverebbero di più tagliando loro la gola.

Lo fece ridere il mio strano tipo di aritmetica (come si era divertito a chiamarlo), cioè il calcolo della popolazione ottenuto sommando l'ammontare degli appartenenti alle varie sette religiose e politiche. E non vedeva alcuna ragione, disse, perché si dovesse obbligare coloro che nutrivano opinioni pregiudizievoli per il pubblico interesse a cambiarle, anziché a nasconderle. Infatti, se era tirannia in un governo richiedere la prima cosa, era debolezza non imporre la seconda; perché può essere concesso a un uomo di tenere il veleno nel suo camerino, ma non di venderlo in giro come un cordiale.

Osservò che tra i divertimenti della nobiltà e dei signorotti della piccola e grande nobiltà avevo menzionato il gioco d'azzardo.

Desiderava sapere a che età di solito cominciavano a fare questo gioco, e dove si svolgeva. Quanto tempo vi impiegavano, e se capitava che puntassero tanto alto da intaccare le loro fortune. Se gente spregevole e viziosa poteva, mediante la propria destrezza in tale arte, accumulare grandi ricchezze e giungere persino a tenere in pugno i grandi nobili, o ad abituarli a compagnie abiette, a distoglierli del tutto dall'educazione delle loro menti e a costringerli, per le perdite subite, a imparare e praticare la stessa infame destrezza a danno di altri.

Era completamente stupefatto per il ragguaglio storico che gli avevo dato delle nostre vicende durante l'ultimo secolo. Obiettò che era solo un cumulo di cospirazioni, ribellioni, assassini, massacri, rivoluzioni, messe al bando: i peggiori effetti che avarizia, faziosità, ipocrisia, perfidia, crudeltà, rabbia, follia, odio, invidia, bramosia, malignità e ambizione possano produrre.

Sua Maestà, in un'altra udienza, si sforzò di ricapitolare tutto quanto gli avevo detto; confrontò le domande che mi aveva fatto con le risposte che gli avevo dato, poi, prendendomi in mano e carezzandomi gentilmente, pronunciò queste parole che non dimenticherò mai, come mai dimenticherò il modo in cui le disse:

– Mio piccolo amico Grildrig, hai fatto il più ammirevole panegirico del tuo paese. Hai chiaramente provato che ignoranza, pigrizia e vizio sono le doti che propriamente si richiedono a un legislatore. Che le leggi sono spiegate, interpretate, applicate al meglio da coloro che hanno tutto l'interesse e la scaltrezza per pervertirle, ingarbugliarle, eluderle.

– Noto le tracce di un sistema che nella sua forma originaria poteva essere tollerabile, ma i principi per metà si sono cancellati e per il resto sono stati interamente insozzati e guastati dalla corruzione. Non pare, da tutto quello che hai detto, che sia richiesta nessuna particolare qualità per accedere a un qualsiasi posto da voi, e tanto meno che gli uomini siano resi nobili in considerazione della loro virtù, che i preti siano promossi per la loro pietà o la loro sapienza, i soldati per la loro capacità di comando o per il loro valore, i giudici per la loro integrità, i senatori per l'amore del loro paese, i consiglieri per la loro saggezza.

– E quanto a te che hai speso la maggior parte della vita nei viaggi – continuò il Re – voglio sperare che tu sia finora sfuggito ai tanti vizi del tuo paese. Ma, da quanto ho tratto dalla tua stessa relazione e dalle risposte che con molta fatica ti ho spremuto fuori ed estorto, non posso non concludere che la massa dei tuoi connazionali sia la più perniciosa razza di piccoli odiosi parassiti cui la natura abbia mai permesso di strisciare sulla superficie della terra.

Capitolo VII

L'amore dell'Autore per il suo paese – Egli fa una proposta molto vantaggiosa al Re, che la rifiuta – Grande ignoranza del Re in politica – La cultura di quel paese è molto imperfetta e limitata – Leggi, affari militari e partiti di quello stato

Null'altro che un estremo amore della verità mi poteva impedire di tenere nascosta questa parte della mia storia. Era vano mostrare risentimento, perché veniva sempre volto in ridicolo: fui dunque costretto a sopportare con pazienza, mentre il mio nobile e amatissimo paese era trattato così ingiuriosamente.

Sono dispiaciuto nel profondo del cuore, come penso lo sarà ogni mio lettore, che si sia verificata una simile situazione; ma si dava il caso che quel sovrano fosse così curioso e cavilloso su ogni particolare che sarebbe stato troppo contrario al mio debito di gratitudine e alle buone maniere rifiutargli la soddisfazione che ero in grado di dare.

Tuttavia, mi sia almeno concesso dire, a mia discolpa, che riuscii abilmente a eludere molte sue domande e a dare punto per punto una versione assai più favorevole di quanto la stretta verità delle cose avrebbe consentito. Perché ho sempre concepito verso il mio paese quella lodevole parzialità che Dionigi di Alicarnasso molto giustamente raccomanda a uno storico. Ho voluto nascondere le debolezze e le storture della mia madrepatria e ho posto le sue virtù e le sue bellezze nella più favorevole luce. Tale fu il mio sincero comportamento nei molti colloqui che ebbi con quel monarca, benché sfortunatamente mai abbia raggiunto lo scopo.

Ma bisogna concedere molte attenuanti a un Re che vive interamente segregato dal resto del mondo, e quindi non può essere affatto al corrente degli usi e costumi che sono per lo più in vigore nelle altre nazioni: la mancanza di conoscenza produce sempre molti pregiudizi e una certa ristrettezza di pensiero, da cui noi e i più civili popoli d'Europa siamo totalmente esenti. E sarebbe davvero tremendo se l'idea di virtù e di vizio di un principe così remoto fosse presentata come modello per tutta l'umanità.

A conferma di quanto ho detto ora, e a ulteriore dimostrazione dei miserandi effetti di un'educazione ristretta, inserirò qui un passaggio che a stento verrà creduto.

Nella speranza di entrare sempre più nelle grazie di Sua Maestà, gli dissi di un'invenzione escogitata tre o quattro secoli fa, per fabbricare una certa polvere: se in un mucchio di quella polvere, gli dissi, cadeva una scintilla di fuoco, anche la più piccola, lo faceva avvampare all'istante, tutto quanto, anche se era grosso come una montagna, e lo faceva volare in aria, tutto in una volta, con un botto e uno sconquasso più forte del tuono.

Dissi che, pressata dentro un tubo cavo di ottone o di ferro in quantità adatta alla grossezza del tubo stesso, quella polvere poteva scagliare una palla di ferro o di piombo con una violenza e una velocità tali che nulla poteva resistere alla sua forza. Che le più grosse palle così lanciate potevano non solo distruggere tutti i ranghi di un esercito in un unico colpo, ma anche sbattere a terra le mura più forti, colare a picco fin nel profondo del mare navi con un migliaio di uomini a bordo, segare alberi maestri e sartiame se venivano legate insieme a catena, tagliare a metà centinaia di corpi e fare il deserto davanti a loro. Dissi che spesso noi mettevamo questa polvere in grandi balle di ferro cave e le sparavamo con una macchina dentro le città che cingevamo d'assedio, dove squarciavano i lastricati, riducevano le case a pezzi, scoppiavano,

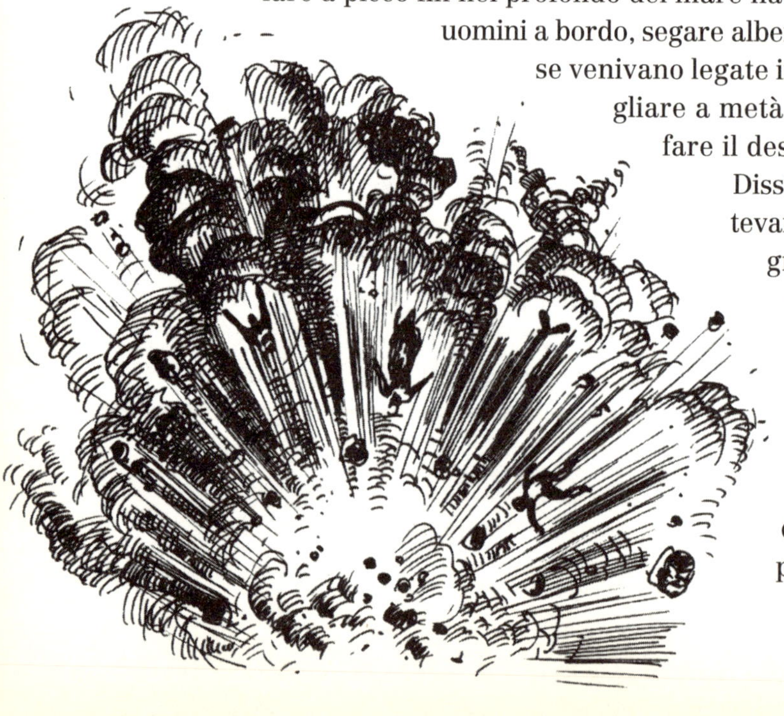

sprizzavano scintille da ogni parte e facevano schizzare fuori il cervello a tutti quanti capitavano vicino.

Aggiunsi che sapevo benissimo quali erano gli ingredienti, molto comuni e poco costosi, sapevo in che maniera combinarli e potevo insegnare ai suoi operai come fabbricare tubi in misura proporzionata a tutte le altre cose del reame di Sua Maestà: bastava che fossero, i più grossi, lunghi duecento piedi, non di più; e venti o trenta di questi tubi, caricati con la giusta quantità di polvere e palle, avrebbero potuto in poche ore abbattere le mura delle più fortificate città dei suoi domini, o distruggere l'intera capitale, se per caso avesse osato contestare i suoi incontestabili ordini.

E tutto questo io l'offrivo a Sua Maestà, umilmente, come piccolo tributo di riconoscenza per ricambiare i tanti segni che avevo ricevuto del suo regale favore e della sua protezione.

Il Re rimase annichilito dall'orrore alla descrizione che gli avevo dato di quei terribili marchingegni e alla proposta che avevo fatto. Era stupito di come un impotente e servile insetto come me (tali furono le espressioni che usò) potesse carezzare simili idee inumane, e che gli fossero così familiari da poter rimanere del tutto impassibile di fronte alle scene di sangue e di desolazione che gli avevo dipinto come normali effetti di quelle macchine distruttive: il cui inventore, disse, doveva essere stato qualche genio malefico, nemico dell'umanità. Quanto a lui, dichiarò, benché poche cose gli dessero piacere come le nuove scoperte nelle umane arti o nella natura, avrebbe tuttavia preferito perdere la metà dei suoi domini piuttosto che essere a conoscenza di un tale segreto, che mi ordinava, se tenevo alla vita, di non menzionare mai più.

Quale assurdo effetto di principi ristretti e di corte vedute! Un sovrano, in possesso di tutte le migliori qualità che gli procuravano venerazione, amore e stima, un uomo di forte ingegno, grande saggezza e profonda cultura, dotato di un'ammirevole talento per governare e quasi adorato dai suoi sudditi, per uno scrupolo pignolo e superfluo, che in Europa non potremmo nemmeno concepire, si lasciava sfuggire un'opportunità, messagli proprio in mano, che l'avrebbe reso signore assoluto delle vite, delle libertà e delle fortune del suo popolo.

E questo lo dico senza la minima intenzione di sminuire le tante virtù di questo eccellente Re. L'apprezzamento del suo carattere, ne sono consapevole, in considerazione di ciò scenderà molto nell'opinione di un lettore inglese, io ritengo però che una tale inadeguatezza sia originata dalla loro ignoranza: non hanno finora sviluppato la politica in una scienza, come le più acute menti d'Europa hanno invece fatto.

E appunto, un giorno, lo ricordo molto bene, in un colloquio con il Re, quando mi capitò di dirgli che da noi erano stati scritti migliaia di libri sull'arte del governare, questa cosa (proprio al contrario della mia intenzione) lo portò ad avere una ben scarsa opinione della nostra intelligenza. Dichiarò di aborrire e disprezzare ogni mistero, sottigliezza, intrigo sia in un principe che in un ministro. E non poteva spiegarsi cosa intendessi per segreti di stato, se non si trattava di un nemico o di una nazione rivale. Confinava le cognizioni necessarie per governare entro limiti molto ristretti: buonsenso e ragione, giustizia e clemenza, rapida definizione delle cause civili e criminali, più alcuni altri luoghi comuni che non vale la pena di considerare. Espresse persino l'opinione che chiunque riuscisse a far crescere due spighe di grano o due fili d'erba su un pezzetto di terra dove prima ne cresceva uno solo, avrebbe maggior merito nei confronti dell'umanità e renderebbe un più prezioso servizio al suo paese, che non l'intera razza dei politicanti messi insieme.

La cultura di quel popolo è molto carente; si limita alla morale, alla storia, alla poesia e alle scienze matematiche; tutti campi in cui si deve riconoscere che eccellono. Ma, le ultime, le praticano unicamente per quanto possono essere utili nella vita, al miglioramento dell'agricoltura e di tutte le arti meccaniche: il che da noi sarebbe ben poco apprezzato. E quanto a idee, entità, astrazioni e trascendenze, non gliene potei ficcare in testa nemmeno la più vaga concezione.

Nessuna legge di questo paese può avere un numero di parole superiore a quello delle lettere del loro alfabeto, che ne ha solo ventidue. Ma in verità, pochissime raggiungono tale lunghezza. Sono redatte nei termini più piani e semplici, poiché quella gente non è abbastanza scaltra per cavarne fuori più di una interpretazione. E scrivere un commento a una legge è un delitto capitale. Quanto alla definizione delle cause civili o ai processi contro i criminali, i precedenti sono così scarsi che hanno pochi motivi per vantare un'eccezionale perizia in un campo o nell'altro.

Hanno praticato l'arte della stampa, proprio come i cinesi, sin da tempo immemorabile. Ma le loro biblioteche non sono molto ampie; quella del Re, che è ritenuta la maggiore, non ammonta a più di un migliaio di volumi, posti in una galleria lunga milleduecento piedi, dove io ero libero di prendere a prestito i libri che volevo.

L'ebanista della Regina aveva costruito, in una delle stanze di Glumdalclitch, una sorta di macchina di legno alta venticinque piedi, di forma simile a una scala a pioli capace di reggersi dritta da sola, con gradini lunghi cinquanta piedi; era insomma una scala doppia, mobile, la cui base era posta a dieci piedi di distanza dal muro della camera. Il libro che intendevo leggere veniva appoggiato contro il muro. Io, per prima cosa, montavo sul gradino più alto della scala, poi, girata la faccia verso il libro, cominciavo a leggere dall'alto della pagina, facevo da destra a sinistra otto o dieci passi secondo la lunghezza delle linee, tornavo e ricominciavo, riga per riga fino a un po' sotto il livello dei miei occhi; di gradino in gradino scendevo in fondo, dopo di che risalivo e ricominciavo l'altra pagina allo stesso modo; e poi voltavo foglio, il che potevo fare facilmente, usando entrambe le mani, perché era spesso e rigido quanto un cartone e d'un formato non più lungo di diciotto o venti piedi.

Il loro stile è chiaro, virile, scorrevole, ma non fiorito; perché nulla evitano maggiormente che il moltiplicare senza necessità le parole o l'usare espressioni diverse. Ho esaminato molti dei loro libri, specialmente quelli di storia e di morale.

Tra questi ultimi mi sono molto divertito con un piccolo vecchio trattatello che stava sempre nella stanza da letto di Glumdalclitch e apparteneva alla sua istitutrice, una seria attempata gentildonna che si beava di scritti di morale e devozione.

Il libro trattava delle debolezze del genere umano; e non era granché stimato, tranne che dalle donne e dal volgo. Tuttavia ero curioso di vedere che cosa un autore di quel paese poteva dire su un argomento del genere. Lo scrittore percorreva tutti i luoghi comuni dei moralisti europei, dimostrando come l'uomo, per sua propria natura, fosse un animale meschino, spregevole e impotente; come fosse incapace di difendersi dall'inclemenza del tempo o dalla furia delle bestie feroci; come fosse surclassato da una creatura nella forza, da un'altra nella velocità, da una terza nella previdenza, da una quarta nell'industriosità. Aggiungeva che la natura era degenerata nelle ultime decadenti età del mondo e poteva ormai partorire soltanto aborti, se si paragonava l'attuale discendenza a quella dei tempi antichi. Era assai ragionevole pensare, diceva, non solo che originalmente la specie degli uomini fosse molto più grossa, ma che nelle età passate ci dovessero essere dei veri giganti: il che era asserito dalla storia e dalla tradizione e confermato da enormi ossa e teschi casualmente usciti dagli scavi, in parecchie parti del regno, di gran lunga eccedenti la comune rimpicciolita razza di uomini dei nostri giorni. Sosteneva che le stesse leggi di natura esigevano assolutamente che all'inizio noi dovessimo essere di corporatura molto maggiore e più robusta, non così esposta a venire distrutta da un qualsiasi piccolo accidente, come una tegola caduta da una casa, o una pietra lanciata dalla mano di un ragazzino, o l'annegare in un ruscelletto. Da questi ragionamenti l'autore traeva diverse regole morali, utili per la condotta di vita, ma che qui non è necessario riportare.

Da parte mia, non posso fare a meno di riflettere su quanto sia universalmente diffuso il talento di ricavare lezioni morali o, peggio, di trarre dalle accuse che facciamo alla natura motivi di scontento e di lamentela. E credo che, a cercar bene, queste accuse si dimostrino infondate, così da noi come presso quel popolo.

Quanto al sistema militare, si vantano perché l'armata del Re è costituita da centosettantaseimila fanti e trentaduemila cavalieri: se può

...un'aquila aveva afferrato col rostro l'anello della scatola, con l'intenzione di lasciarla ricadere su uno scoglio come fossi una tartaruga nel guscio, per cavarne poi fuori il mio corpo e divorarlo.

p. 165

chiamarsi armata quella messa su con dei negozianti nelle diverse città e con degli agricoltori nelle campagne, i cui comandanti sono niente più che dei nobili o dei signorotti locali, senza paga o mercede. Hanno tuttavia un addestramento quasi perfetto e un'ottima disciplina, ma in ciò non vedo gran merito, perché come potrebbe essere altrimenti, se ogni agricoltore è sotto il comando del suo stesso signore e ogni cittadino è sotto quello dei notabili della sua città, scelti per elezione, alla maniera di Venezia?

Ho visto spesso la milizia di Lorbrulgrud condotta per addestrarsi in un grande campo vicino alla città, di venti miglia quadrate. Erano in tutto non più di venticinquemila fanti e seimila cavalieri. Comunque, era impossibile per me calcolare esattamente il loro numero, considerato l'enorme spazio di terra che occupavano. Un cavaliere montato su un grosso corsiero poteva essere alto sui novanta piedi.

Ho visto gli uomini dell'intero corpo di cavalleria estrarre le spade, tutti insieme, a una parola d'ordine, e brandirle per aria: l'immaginazione non può concepire qualcosa di altrettanto grandioso, sorprendente, stupefacente. Era come se diecimila lampi di luce dardeggiassero simultaneamente dai quattro angoli del cielo.

Ero curioso di sapere come quel principe, ai cui domini non si poteva accedere da nessun altro paese, fosse giunto a pensare a degli eserciti, o a insegnare alla sua gente la pratica della disciplina militare. Ma lo venni subito a sapere, sia dalle conversazioni, sia leggendo le loro storie.

Nel corso di molti secoli, anche loro erano stati colpiti dallo stesso malanno cui sono soggette tutte le razze dell'umanità: la nobiltà in continua lotta per il potere, il popolo per la libertà, e il Re per il dominio assoluto. E tutti questi impulsi, benché fortunatamente frenati dalle leggi del regno, talora avevano spinto ciascuna delle tre parti a prevaricare, e più d'una volta avevano dato occasione a guerre civili, l'ultima delle quali era stata felicemente conclusa dal nonno del sovrano con un accordo generale; e la milizia, istituita a quell'epoca con il consenso di tutti, era stata sino allora mantenuta in stretta efficienza.

Capitolo VIII

Il Re e la Regina fanno un viaggio ufficiale fino alle frontiere – L'Autore li accompagna – Il modo in cui lascia il paese riferito con molti particolari – Ritorno in Inghilterra

Ho sempre avuto un forte presentimento che una volta o l'altra avrei riconquistato la libertà, benché non fosse possibile immaginare con quali mezzi o formulare un piano con la minima speranza di successo.

La nave su cui avevo viaggiato era stata la prima, che si sapesse, a essere spinta in vista di queste coste; e il Re aveva dato ordini tassativi che se ne fosse apparsa un'altra, doveva essere tirata a riva e portata su una carretta a Lorbrulgrud con la ciurma e tutti quanti i passeggeri. Era seriamente intenzionato a trovarmi una donna della mia stessa misura con cui potessi propagare la razza: ma penso che sarei morto piuttosto di soffrire l'infamia di lasciare dei discendenti tenuti in gabbia come canarini domestici e forse, col tempo, venduti come rarità ai signori di un certo rango, in giro per il reame.

Ero trattato con molta gentilezza, in verità, ero il favorito di un grande Re e della Regina, ero la delizia dell'intera Corte, ma a un livello che mal si confaceva alla dignità umana.

E non potevo dimenticare gli impegni familiari che avevo lasciato dietro di me. Avevo un bisogno assoluto d'essere tra gente con cui poter conversare in termini di parità, e di camminare per strade e campi senza paura di venir pestato a morte come una rana o un cucciolino.

Ma la mia liberazione avvenne più presto di quanto mi fossi aspettato e in un modo veramente fuori dal comune: riferirò fedelmente l'intera storia, in tutti i particolari.

Stavo ormai da due anni in quel paese, e circa all'inizio del terzo,

Glumdalclitch e io accompagnammo il Re e la Regina in un viaggio ufficiale alla costa sud del regno.

Ero trasportato come al solito nella mia scatola da viaggio che, come ho già spiegato, era un camerino molto confortevole, largo dodici piedi.

Avevo voluto un'amaca, fissata ai quattro angoli del soffitto con funi di seta, per attutire i sobbalzi quando un servo mi portava davanti a sé a cavallo, come ogni tanto gli chiedevo; e spesso quando eravamo per strada ci dormivo, anche, nella mia amaca. Avevo chiesto all'ebanista di tagliarmi sul tetto del camerino, non direttamente sul centro dell'amaca, un'apertura di un piede quadrato, per avere nella stagione calda un po' d'aria mentre dormivo; era un'apertura che potevo chiudere a piacere, con una tavola che scorreva avanti e indietro in una scanalatura.

Quando giungemmo alla fine del nostro viaggio, il Re pensò bene di passare qualche giorno nel palazzo che aveva vicino a Flanflasnic, una città a diciotto miglia inglesi dal mare.

Glumdalclitch e io eravamo molto stanchi; io mi ero preso un po' di raffreddore, ma la povera ragazzina era così malata da dover rimanere confinata nella sua stanza. Desideravo ardentemente vedere l'oceano, unico teatro possibile per la mia fuga, se mai fosse avvenuta.

Finsi di stare peggio di quanto realmente stavo e chiesi che mi si lasciasse andare a respirare la fresca aria del mare, con un paggio cui volevo molto bene, e al quale ero stato affidato altre volte. Non dimenticherò mai quanto a malincuore Glumdalclitch acconsentì, né con quanta insistenza gli raccomandò di prendersi cura di me; e scoppiò anche in un fiume di lacrime, come se avesse qualche presentimento di quanto stava per accadere.

Il ragazzo, allontanandosi dal palazzo per una mezz'ora di cammino, mi portò nella mia scatola fino alla scogliera sul mare. Gli ordinai di mettermi giù e alzata una delle mie finestre a saracinesca restai a guardare il mare, malinconico e pensieroso.

Non mi sentivo molto bene; e dissi al paggio che avevo intenzione di farmi un sonnellino nella speranza che mi facesse sentir meglio, su nell'amaca. Vi salii e il ragazzo chiuse completamente la finestra per non fare entrare il freddo.

Mi addormentai presto; e tutto quello che posso congetturare è che, mentre dormivo, il paggio, pensando che non ci fosse alcun pericolo, sia andato in giro per gli scogli in cerca di uova d'uccello, perché prima l'avevo visto dalla finestra cercare intorno e raccoglierne uno o due nelle fenditure.

Sia come sia, fui svegliato di soprassalto da un violento strappo all'anello che era legato in cima alla scatola per potermi trasportare comodamente. Avvertii che la scatola veniva sollevata per aria molto in alto e trascinata poi in avanti, a una velocità prodigiosa.

Il primo sobbalzo fu tale che sembrò mi dovesse quasi gettare fuori dall'amaca, ma poi il moto proseguì abbastanza regolare. Chiamai aiuto molte volte, gridando a gran voce più che potevo, senza il minimo successo.

Guardai fuori dalla finestra e non potei scorgere nient'altro che cielo e nubi.

Udivo un rumore simile a un battere d'ali, giusto sopra la mia testa, e allora cominciai a percepire in che penosa condizione fossi: un'aquila aveva afferrato col rostro l'anello della scatola, con l'intenzione di lasciarla ricadere su uno scoglio come fossi una tartaruga nel guscio, per cavarne poi fuori il mio corpo e divorarlo. Perché la sagacia e il fiuto di questo uccello gli permettono di scoprire la preda a grande distanza, anche se è nascosta meglio di quanto non fossi io sotto una tavola spessa due pollici.

In breve notai che il rumore e il ritmo del battito delle ali aumentavano molto in fretta e la mia scatola era sballottata in su e in giù come un'insegna su un palo in un giorno di vento. Sentii parecchi colpi e scossoni, inferti dall'aquila, pensai (perché ero ormai certo che dovesse essere un'aquila a reggere la scatola nel becco), e dopo tutto questo avvertii che stavo cadendo a perpendicolo per più di un minuto, ma con una tale incredibile velocità che quasi mi si mozzò il fiato.

La mia caduta terminò in un terribile tonfo, che alle mie orecchie suonò più fragoroso delle cascate del Niagara; dopo di che rimasi completamente al buio per un altro minuto e poi la scatola cominciò a risalire, tanto che potei vedere la luce dalla parte alta delle finestre. Allora mi resi conto che ero caduto in mare.

La mia scatola per il peso del mio corpo e delle suppellettili che c'erano dentro, e per le grosse piastre di ferro fissate ai quattro angoli del soffitto e della base per rafforzarla, galleggiava immersa nell'acqua per quasi cinque piedi.

Supposi allora, e lo suppongo tuttora, che l'aquila che era volata via con la mia scatola fosse inseguita da altre due o tre, e fosse poi costretta a lasciarmi cadere mentre si difendeva dal resto del gruppo, che sperava di poter avere parte della preda.

Le piastre di ferro fissate alla base della scatola (perché queste erano le più forti) l'avevano mantenuta in equilibrio mentre cadeva e avevano impedito che si spezzasse contro la superficie dell'acqua. Ogni giuntura era ben incastrata e la porta non si muoveva su cardini, ma in su e in giù a saracinesca, e ciò mantenne il mio camerino in così perfetta tenuta stagna che vi entrò solo pochissima acqua.

Scesi con molta difficoltà dall'amaca, dopo essermi arrischiato a tirare indietro la già menzionata tavola scorrevole sul tetto, concepita allo scopo di fare entrare l'aria, per la cui mancanza mi sentivo quasi soffocare.

Quanto desiderai allora trovarmi con la mia cara Glumdalclitch, dalla quale una breve ora mi aveva tanto allontanato! E posso dire in verità che nel colmo della mia personale sventura non potevo fare a meno di compiangere la mia povera balietta, il dolore che avrebbe sofferto per la mia perdita, il dispiacere della Regina e la rovina della sua fortuna.

Forse non molti viaggiatori sono stati sottoposti a difficoltà e pericoli quali io patii in quella congiuntura: mi aspettavo ogni momento di vedere la scatola aprirsi in pezzi o per lo meno ribaltarsi alla prima violenta raffica o per un'onda più gonfia. Una frattura in un solo pannello di vetro sarebbe stata la morte immediata: le finestre erano incredibilmente intatte, grazie alle forti intelaiature a traliccio poste all'esterno contro gli incidenti di viaggio.

Vidi poi l'acqua filtrare da parecchie fessure, e benché le perdite non fossero preoccupanti cercai di fermarle meglio che potei. Non fui capace di togliere del tutto il tetto del mio camerino, altrimenti l'avrei fatto certamente e mi sarei seduto sopra, dove avrei potuto almeno evitare di rimanere intrappolato nella stiva, se così posso chiamarla. Comunque, se pure fossi scampato a questi pericoli per un giorno o due, che cosa potevo aspettarmi se non una miserevole morte per freddo e fame!

Penai quattro ore in tali condizioni, pensando e, in verità, desiderando che ogni momento fosse per me l'ultimo.

Ho già riferito al lettore che c'erano due forti grappe attaccate a quella parete della scatola dove non c'erano finestre, e che il servo che soleva portarmi a cavallo infilava in quelle una banda di cuoio che si allacciava in cintura.

Mentre ero in quello stato di disperazione, udii, o mi parve di udire un certo tipo di rumore stridente dal lato della scatola dove erano fissate le grappe, e dopo poco cominciai ad avere la sensazione che la scatola venisse tirata o rimorchiata via sul mare; perché di quando in quando sentivo una sorta di strattonata che faceva salire le onde vicino al bordo superiore delle finestre, lasciandomi quasi al buio. Ciò mi diede qualche debole speranza di salvezza, benché non riuscissi a immaginare cosa stesse accadendo.

Mi arrischiai a svitare una delle sedie, che erano sempre fissate al pavimento; e dopo un faticoso spostamento l'avvitai di nuovo proprio sotto la tavola scorrevole che prima avevo aperto; montai sulla sedia e, avvicinando più che potei la bocca all'apertura, chiamai aiuto a gran voce e in tutte le lingue che conoscevo. Poi legai il mio fazzoletto a un bastone che ero solito portare, e spintolo in alto nell'apertura lo feci ondeggiare parecchie volte per aria di modo che, se qualche barca o nave fosse stata vicina, i marinai potessero supporre che nella scatola era rinchiuso qualche infelice mortale.

Da tutto ciò che potei fare non ricavai alcun risultato, ma percepii chiaramente che il mio camerino veniva trascinato; e dopo un'ora o poco più la parete della scatola dove c'erano le staffe e nessuna finestra sbatté contro qualcosa di duro. Temetti che fosse uno scoglio e fui più che mai spaventato. Udii però chiaramente un rumore sopra il coperchio dello stanzino, come di una fune, e uno stridore come se questa fune passasse attraverso l'anello. Poi mi trovai issato a un livello di almeno tre piedi più su di quanto ero prima. Per cui, di nuovo alzai bastone e fazzoletto, chiamando aiuto fino a che divenni quasi rauco. In risposta udii un forte grido ripetuto tre volte, che mi diede tali moti di gioia, inimmaginabili per chi non li ha provati.

Ora sentivo sopra la testa un calpestio; e qualcuno chiamava attraverso l'apertura a voce alta, in lingua inglese: – Se lì sotto c'è gente, parli!

Ero un inglese, risposi, trascinato dalla malasorte nella più grande calamità in cui una creatura umana si fosse mai imbattuta; e supplicai, in nome di tutto ciò che poteva commuoverli, che mi liberassero dalla prigione dove mi trovavo. Ma ero salvo, replicò la voce; perché la scatola era assicurata alla loro nave, e sarebbe immediatamente venuto il carpentiere e avrebbe segato nella copertura un buco largo abbastanza da tirarmi fuori. Io ribattei che non era necessario, e che avrebbe portato via troppo tempo: non c'era altro da fare che ordinare a uno della ciurma di mettere un dito nell'anello e tirare la scatola fuori dal mare, poi metterla sulla nave, nella cabina del capitano.

Alcuni di loro, udendomi parlare così stranamente, pensarono che fossi matto; perché davvero non mi era passato nemmeno per la testa, che fossi finalmente giunto tra gente della mia stessa statura e forza.

Venne il carpentiere e in pochi minuti segò un passaggio di quattro piedi quadrati; poi fece scendere una piccola scala a pioli, sulla quale montai, e da lì fui quindi portato sulla nave, in uno stato di estrema debolezza.

I marinai erano tutti sbalorditi e mi facevano migliaia di domande, cui io non avevo voglia di rispondere. Ero profondamente confuso alla vista di tanti pigmei; perché per tali li presi, tanto i miei occhi si erano assuefatti ai mostruosi corpi che avevo lasciato. Ma il capitano, il signor Thomas Wilcocks, un onesto e degno uomo dello Shropshire, notando che ero lì lì per svenire, mi portò nella sua cabina, mi diede un cordiale per tirarmi su, e mi fece coricare nel suo letto, consigliandomi di prendermi un po' di riposo, di cui avevo grande bisogno.

Prima di addormentarmi gli feci sapere che avevo nella scatola alcune suppellettili di troppo grande valore per lasciare che andassero perdute: una fine amaca, un bel letto da campo, due sedie, una tavola e uno stipetto. Dissi che il mio camerino era rivestito da tutte le parti, o meglio imbottito di seta e cotone, e che se permetteva che uno della ciurma portasse il mio camerino nella sua cabina l'avrei aperto davanti a lui e gli avrei mostrato le mie cose.

Sentendomi proferire tali assurdità, il capitano concluse che deliravo; tuttavia (per darmi pace, suppongo) promise di dare l'ordine che desideravo; e andato sovraccoperta mandò dentro il mio camerino alcuni dei suoi uomini, che (come scoprii in seguito) tirarono fuori tutte le mie cose, e strapparono via le imbottiture. E le sedie, lo stipetto e il letto, che erano avvitati al pavimento, furono molto danneggiati per l'ignoranza dei marinai, che li strapparono via a forza. Schiodarono poi alcune tavole da usare sulla nave, e quando ebbero tolto tutto ciò che interessava, lasciarono andare in mare la carcassa spoglia, che, a causa delle molte fenditure fatte sul pavimento e sulle pareti,

andò dritta a fondo. E fui lieto, in verità, di non essere stato spettatore della distruzione che ne avevano fatto; perché sono sicuro che mi avrebbe sensibilmente turbato, riportandomi alla mente le traversie che volevo ormai dimenticare.

Feci un sonno di alcune ore, ma continuamente disturbato da sogni del posto che avevo lasciato e dei pericoli cui ero sfuggito. Comunque al risveglio mi sentii molto meglio.

Erano circa le otto di sera, e il capitano ordinò immediatamente la cena, pensando che avevo già digiunato anche troppo a lungo. Mi intrattenne con grande gentilezza e constatò che non sembravo pazzo e non parlavo in maniera dissennata; e quando fummo lasciati soli mi chiese se volevo fargli relazione dei miei viaggi e dirgli per quale disgraziato accidente ero stato mandato alla deriva in quell'enorme cassa di legno.

Mi disse che l'aveva già scorta, in lontananza, a mezzogiorno circa, guardando attraverso il cannocchiale; aveva pensato che fosse una vela e aveva avuto l'idea di raggiungerla, visto che non era tanto fuori dalla sua rotta, con la speranza di poter comprare un po' di gallette, dal momento che le sue stavano diminuendo. Ma giunto più vicino e compreso l'errore, aveva mandato la lancia grande per scoprire che fosse; e i suoi uomini erano tornati indietro spaventati, giurando che avevano visto una casa galleggiante. Aveva riso della loro stupidità, ed era sceso egli stesso nella barca, ordinando agli uomini di portare con loro un robusto cavo.

Il tempo era buono, sicché mi aveva girato intorno a remi diverse volte, aveva osservato le finestre e le inferriate che le proteggevano. Aveva scoperto le due grappe sulla parete che era tutta di tavole di legno senza passaggi per la luce. Allora aveva comandato agli uomini di remare da quella parte e di legare un cavo a una delle grappe, e poi aveva dato l'ordine di rimorchiare la mia cassa (come la chiamava) verso la nave. Una volta là aveva dato indicazioni per legare un altro cavo all'anello fissato sulla copertura e sollevare la cassa con pulegge; ma i marinai, tutti assieme, non riuscirono a farlo per più di due o tre piedi.

Videro il bastone e il fazzoletto spuntare fuori dall'apertura, disse, e conclusero che qualche infelice uomo doveva essere chiuso dentro quell'affare cavo.

Domandai se lui o la sua ciurma avevano visto per aria qualche uccello gigantesco, più o meno al momento in cui mi avevano scoperto, al che rispose che proprio di uccelli avevano discusso lui e i marinai mentre dormivo: uno di loro sosteneva di aver veduto tre aquile che volavano verso nord, però non aveva certo notato che fossero più grandi del normale.

Suppongo che ciò sia da imputare alla grande altezza in cui stavano, fatto sta che il capitano non poté intendere la ragione della mia domanda.

Gli chiesi poi a che distanza calcolava fossimo da terra; e mi disse che, secondo la più rigorosa computazione che poteva fare, eravamo almeno a un centinaio di leghe. Io gli assicurai che si doveva sbagliare di una buona metà, perché avevo lasciato il paese da cui provenivo al massimo un paio d'ore, prima che cadessi in mare.

E a questo punto egli cominciò a pensare di nuovo che il mio cervello fosse sconvolto; me ne fece un accenno e mi suggerì di mettermi a letto nella cabina che mi aveva assegnato. Gli garantii che mi ero ripreso molto bene, grazie alla sua ospitalità e alla sua amabile compagnia, e che ero perfettamente in me come mai in vita mia.

Allora si fece più serio e volle sapere in tutta franchezza se per caso avessi la mente turbata dal rimorso di qualche tremendo crimine, per cui magari ero stato punito, per ordine di qualche principe, a essere abbandonato in quella cassa, come in altri paesi certi grandi criminali erano stati messi a forza in mare, in un vascello che faceva acqua, senza provviste. Perché, disse, anche se non gli faceva affatto piacere d'aver raccolto sulla sua nave un così pessimo uomo, mi dava la sua parola che mi avrebbe portato a terra sano e salvo nel primo porto cui fossimo approdati. Aggiunse che i suoi sospetti erano via via aumentati per i discorsi del tutto assurdi che avevo fatto prima ai marinai e dopo a lui stesso, in relazione al mio camerino o cassa che fosse, e per la stranezza del mio aspetto e del mio comportamento durante la cena.

Lo supplicai di avere la pazienza di ascoltare l'intera storia; e gliela raccontai fedelmente, dall'ultima volta che avevo lasciato l'Inghilterra sino al momento in cui mi aveva scoperto. E poiché la verità sempre si fa strada nelle menti razionali, così questo onesto e degno gentiluomo, che aveva qualche infarinatura di istruzione e un grande buonsenso, fu immediatamente convinto del mio candore e della mia veracità.

Ma per fornirgli ulteriore conferma di tutto quanto gli avevo detto, lo pregai di dare ordine che mi portassero il mio stipetto, di cui avevo in tasca la chiave (perché mi aveva già informato di quello che i marinai avevano fatto del mio camerino).

Lo aprii in sua presenza e gli mostrai la piccola collezione di rarità che avevo messo insieme nel paese da cui ero uscito libero in modo così singolare.

C'era il pettine che avevo costruito con i pezzetti dei peli della barba del Re; e un altro fatto con gli stessi peli, fissati però in una rifilatura dell'unghia del pollice di Sua Maestà la Regina, che faceva da dosso. C'era una collezione di aghi e spilli lunghi da un piede a mezza iarda. Quattro pungiglioni di vespe, simili a bullette da falegname; alcuni capelli tolti dal pettine della Regina; un anello d'oro di cui un giorno mi aveva fatto dono nel modo più cortese, togliendoselo dal dito mignolo e infilandomelo sopra la testa come una collana.

Chiesi al capitano se voleva accettare quell'anello in contraccambio delle sue cortesie; ma assolutamente rifiutò. Gli mostrai un callo che con le mie stesse mani avevo tagliato via da un dito del piede di una damigella d'onore: era più o meno della grossezza d'una mela del

Kent ed era diventato così duro che quando ritornai in Inghilterra, incavandolo, ne ricavai una coppa che rifinii in argento. Da ultimo volli che guardasse le brache che avevo indosso, che erano fatte di pelle di topo.

Non riuscii a fargli accettare nient'altro che il dente di un valletto: avevo visto che l'esaminava con grande curiosità e avevo notato che se n'era incapricciato. Lo prese con una quantità di ringraziamenti, ben al di là di quanto una sciocchezzuola simile meritava. Era stato tolto per errore da un chirurgo maldestro a uno degli uomini di Glumdalclitch che era afflitto da mal di denti, ma era sano più di tutti gli altri che aveva in bocca. Io l'avevo pulito e l'avevo messo nello stipetto. Era lungo un piede e con un diametro di quattro pollici.

Il capitano era assai soddisfatto della chiara relazione che gli avevo fornito; e sperava, disse, che quando fossimo tornati in Inghilterra, volessi rendere un servigio al mondo affidandola alla carta e rendendola pubblica.

La mia risposta fu che eravamo strapieni di libri di viaggio, che non ne poteva passare ormai più nessuno che non fosse straordinario; per cui avevo il dubbio che certi autori badassero meno alla verità che alla vanità e all'interesse, o al divertimento del lettore ignorante; e dissi che la mia storia avrebbe contenuto eventi poco più che comuni, senza quelle esornative descrizioni di strane piante, alberi, uccelli e altri animali, o di costumi barbari e idolatrie di popoli selvaggi, in cui la maggioranza degli scrittori abbonda. Comunque lo ringraziai per la sua opinione favorevole e promisi che avrei pensato al suo suggerimento.

Si meravigliava molto di una cosa, disse: che io parlassi a voce tanto alta. Mi chiese se il Re o la Regina di quel paese fossero duri d'orecchio. Gli spiegai che era perché avevo preso l'abitudine a parlare così durante gli ultimi due anni; e confessai che io mi ero altrettanto meravigliato della voce sua e dei suoi uomini, perché mi pareva sussurrassero soltanto, eppure li udivo bene. Ma in quel paese, quando parlavo ero come uno che dovesse parlare dalla strada a un altro che guardava giù dalla cima di un campanile, a meno che venissi posto su un tavolo o tenuto nella mano di una persona.

E mi era successa anche un'altra cosa, gli dissi: appena arrivato sulla nave, quando i marinai stavano tutti in piedi attorno a me, avevo pensato che fossero le creature più piccole e insignificanti che mai avessi osservato. Perché in verità, quando ero nel paese di quel sovrano, non avevo il coraggio di guardarmi allo specchio dopo che i miei occhi si erano assuefatti a oggetti tanto enormi, perché il confronto mi induceva a un meschino concetto di me stesso.

Il capitano disse che mentre eravamo a cena aveva notato che guardavo ogni cosa con una sorta di stupore, e che talvolta sembrava riuscissi a stento a trattenere le risa: non sapeva bene come prenderla, ma aveva attribuito tutto ciò a un certo disordine nel mio cervello.

Risposi che era proprio vero; e che io stesso mi ero stupito di riuscire a trattenermi dal ridere quando avevo visto i suoi piatti della dimensione di una moneta d'argento da tre pence, una zampa di porco che era appena un boccone, una tazza più piccola di un guscio di noce, ed ero andato avanti così, facendo considerazioni dello stesso tipo sul resto della roba di casa e delle provviste. Perché, dissi, quantunque la Regina, quando ero entrato al suo servizio, avesse ordinato per me un equipaggiamento in miniatura di tutte le cose necessarie, il mio metro di giudizio si era ormai talmente conformato alle dimensioni di ciò che mi vedevo attorno da tutte le parti, che fingevo di non vedere la mia piccolezza, come la gente fa coi propri difetti.

Il capitano comprese molto bene il mio tono scherzoso e replicò allegramente, con un vecchio proverbio inglese, che aveva il dubbio che i miei occhi fossero più grandi della mia pancia, perché trovava che il mio stomaco non fosse poi così capace, benché avessi digiunato tutto il giorno; e continuando a scherzare affermò che avrebbe dato volentieri un centinaio di sterline per vedere il mio camerino nel rostro dell'aquila e poi la sua successiva caduta da una così grande altezza fin dentro al mare; il che certamente doveva essere stato uno spettacolo più che stupefacente, da meritare che la sua descrizione venisse trasmessa alle età future. Il paragone con Fetonte era ovvio, e non poté trattenersi dal farlo, benché io non apprezzassi molto l'allusione.

Il capitano, che era andato al Tonchino, tornando in Inghilterra era stato spinto a nord-est, a quarantaquattro gradi di latitudine e centoquarantatré di longitudine; ma due giorni dopo che ero salito a bordo incontrammo un vento aliseo e veleggiammo per lungo tempo verso sud, e costeggiando la Nuova Olanda tenemmo una rotta ovest-sud-ovest e poi sud-sud-ovest fino a che doppiammo il capo di Buona Speranza.

Il nostro viaggio fu ottimo, ma non voglio tediare il lettore con un diario di bordo. Il capitano fece scalo in uno o due porti, e inviò la lancia grande per riportare provviste e acqua fresca; io però non scesi mai dalla nave finché non approdammo ai Downs, il che avvenne il 3 giugno 1706, circa nove mesi dopo il mio salvataggio.

Mi offrii di lasciare le mie cose in pegno per il pagamento del mio passaggio, ma il capitano protestò che non voleva ricevere nemmeno un quarto di penny.

Ci dicemmo l'un l'altro cordialmente addio, e io gli feci promettere che sarebbe venuto a trovarmi a casa, a Redriff. Noleggiai un cavallo e una guida per cinque scellini, che ebbi in prestito dal capitano.

Come fui per strada, osservando la piccolezza delle case, degli alberi, del bestiame e della gente, cominciai a pensare di essere a Lilliput; avevo il terrore di calpestare i viaggiatori che incontravo e spesso gridavo forte per farli andar via dalla strada, tanto che rischiai un paio di volte che mi spaccassero la testa per la mia scortesia.

Quando giunsi a casa, per trovarla fui costretto a chiedere, e quando uno dei servi aprì la porta, io, per entrare, mi inchinai (come un'oca che deve passare sotto il cancelletto) per paura di sbattere la testa.

Mia moglie corse ad abbracciarmi e io mi curvai più in basso delle sue ginocchia, pensando che altrimenti non sarebbe mai riuscita a raggiungere la mia bocca. Mia figlia si inginocchiò per chiedere la mia benedizione, ma io non potei vederla fino a che non si rialzò, abituato troppo a lungo a stare dritto, con la testa e gli occhi puntati in su, a più di sessanta piedi; poi andai per sollevarla prendendola in vita con una mano sola.

Per guardare i servi e uno o due amici che erano nella casa, volsi gli occhi in basso, come se loro fossero stati dei pigmei e io un gigante. Troppo parsimoniosa era stata, dissi a mia moglie: mi sembrava che avesse affamato se stessa e la figlia fino a ridursi a nulla.

In breve, mi comportai così inesplicabilmente che ebbero tutti la stessa convinzione che aveva avuto il capitano appena mi aveva visto: conclusero che avevo perduto il senno. E questo lo racconto come esempio della grande forza dell'abitudine e del pregiudizio.

In poco tempo io, la mia famiglia e i miei amici arrivammo a un'ottima intesa: ma mia moglie dichiarò che non dovevo andare per mare mai più. Tuttavia il mio duro destino me lo impose e lei non ebbe il potere di impedirlo, come il lettore verrà a sapere in seguito. E intanto qui concludo la seconda parte dei miei sfortunati viaggi.

ALBUM DI
"I VIAGGI DI GULLIVER"

Nota su I viaggi di Gulliver

Da Ulisse in poi chi ha viaggiato per mare ha potuto narrare le più strane e pericolose avventure a cui si è trovato esposto: ma Gulliver, l'eroe di Jonathan Swift, ha toccato veramente il culmine dello straordinario. Naufragi, ammutinamenti o approdi forzati, che in altri romanzi sono il fulcro dell'azione, qui divengono trampolino di lancio per l'avventura vera e propria, per l'incontro con creature fuori del normale, con vicende quanto mai imprevedibili e bizzarre.

Risvegliarsi nel sonno e trovarsi immobilizzato a terra, tutto legato da innumerevoli, sottilissimi fili, sentire qualcosa che brulica su una gamba, sale al petto, poi al viso e scorgere, infine, un esserino umano alto sì e no quindici centimetri, seguito da molti altri della stessa natura, giustifica a buon diritto l'urlo di sorpresa del protagonista dei **Viaggi**, posto di punto in bianco di fronte alla difficile situazione di gigante in mezzo ai nani, nani sospettosi e poco ben disposti per di più, tanto da mettere in imbarazzo anche chi li sovrasta di parecchi palmi di altezza.

La vita a Lilliput - questo è il nome del paese - impegna seriamente le risorse fisiche e mentali del nostro eroe, e quando a complicar le faccende ci si mettono gli intrighi di corte, le gelosie, le questioni di politica estera, Gulliver ha il suo bravo daffare per cavarsi d'impaccio.

Del resto non si può dire che certe esperienze, una volta che egli è riuscito a tornare in patria, lo inducano a non lasciar più il focolare domestico; anzi, lo stimolano a ritentare l'ignoto.

Eccolo in mare un'altra volta, ecco un'altra tempesta, un altro approdo e un altro incontro straordinario.

Questa volta Gulliver capita nel paese dei giganti e il rapporto s'inverte. Nano tra esseri enormi, il protagonista deve fronteggiare, questa volta, i pericoli a cui lo espone la sua piccolezza: dagli assalti di un topo al pericolo di annegamento in un bicchiere di panna, dalle forzose esibizioni della sua persona di fronte a gruppi di curiosi più o meno maleducati, all'invidia pericolosa del nano di corte. Brobdingnag, la capitale dei giganti, è l'estremo contrario di Lilliput, e quello che laggiù ci ha sorpresi per un lato, ci sorprende qui per il lato opposto.

Dalla prima lettura di queste cronache di viaggi, tessuti da una fantasia così fertile, il lettore potrebbe farsi l'idea che Jonathan Swift fosse un tipo sempre in vena di trovate brillanti, uno scrittore comico: e in parte è vero, come testimoniano le numerose scene di irresistibile comicità provocata dallo stupore eclatante delle grandi novità, dall'imponente diversità che provoca il riso, lo sberleffo.

Ma rileggendo più attentamente il testo si riesce a cogliere, dietro l'umorismo implacabile, l'indole dell'autore, sempre scontento e deluso dal comportamento dei suoi simili.

Infatti i Lillipuziani, con i loro vizi, gelosie, intrighi, prosopopea e partigianeria, ancor più appariscenti in quanto racchiuse in corpi così piccoli, sono personaggi creati dall'autore per criticare severamente i suoi contemporanei e mostrare quanto fossero ridicole, meschine e dannose certe loro passioni. E le corrispondenze, neanche troppo nascoste, tra le meschinità inventate del paese di Lilliput e quelle vere delle corti d'Europa, sono frequenti. Racconta Gulliver: "Ero stato fino ad allora, per tutta la mia vita, estraneo alle corti, alle quali del resto non avevo accesso per la modestia delle mie condizioni. In verità avevo sentito e letto abbastanza dell'indole dei grandi principi e ministri; ma non mi sarei mai aspettato di trovarne così nefasti effetti in un paese tanto remoto, governato, come pensavo, da massime tanto differenti da quelle d'Europa."

E anche quando le accuse ingiuste, avanzate contro di lui da ministri invidiosi, lo mettono in cattiva luce di fronte al Re e al popolo, Gulliver aggiunge:

"Per un po' pensai di affrontare il processo; perché pur non potendo negare i fatti contestati in molti capi d'accusa, tuttavia speravo che volessero concedermi delle attenuanti. Ma avendo in vita mia assistito a molti processi di Stato, che ho sempre visto terminare esattamente come i giudici pensavano conveniente che andasse, non mi fidai a prendere una così pericolosa decisione in una congiuntura tanto critica e di fronte a nemici tanto potenti."

Stesso discorso per gli abitanti di Brobdingnag, nei quali la frivolezza e i pregiudizi, insieme ad altri difetti umani, appaiono evidentissimi, quasi dilatati in rapporto alle proporzioni fisiche.

Accadde, tuttavia, che il lato divertente ebbe la meglio sull'ironia, le frecciate satiriche rimasero sullo sfondo e le vicende colpirono i lettori, soprattutto per il loro sapore di novità e originalità. Questo soprattutto riguardo ai primi due libri, quelli che descrivono i fantastici paesi di Lilliput e Brobdingnag, che con i loro personaggi incredibili piacquero subito ai giovani lettori. Gli altri due viaggi, quello a Laputa e quello nel paese degli Houyhnhnms, che appare un po' più di frequente nelle edizioni per ragazzi, ottennero minor successo.

La presente pubblicazione contiene integralmente i primi due "Viaggi" di Gulliver.

Nota su Jonathan Swift

Jonathan Swift è uno degli scrittori più rappresentativi della letteratura settecentesca: spirito libero e razionale spinse la sua critica dei valori umani, sia nella sfera religiosa che in quella politica e culturale, a tal punto da minacciare le radici stesse dell'esistenza. La sua arma fu la satira, nella quale fu maestro e che utilizzò con tutte le possibili sfumature, dal semplice umorismo, all'insulto sanguinoso.

Il disgusto che l'animale uomo gli ispirò, rifletteva, in realtà, un autentico desiderio di migliorarne le condizioni di vita, di vederlo imboccare la strada della ragionevolezza e della buona volontà, per quanto riguarda i massimi problemi della vita: il benessere, la pace.

Nato nel 1667 a Dublino, Swift non ebbe un'infanzia felice: figlio di genitori inglesi trasferitisi in Irlanda, perse il padre prima della nascita e la madre lo affidò a uno zio, facendo ritorno in Inghilterra.

I suoi studi, compiuti nelle migliori scuole di Dublino, non furono brillanti.

Alla morte dello zio raggiunse la madre, e nel 1689 ottenne il posto di segretario di William Temple, celebre statista ormai a riposo. In casa Temple, conobbe Esther Johnson, da lui detta "Stella", la donna che gli dedicò la vita e che, a quanto si racconta, Swift sposò segretamente.

Splendida testimonianza del sincero affetto che legò l'autore alla donna, è offerta dal **Diario per Stella** (1766-68) che comprende 65 lettere scritte alla donna tra il 1710 e il 1713, nelle quali la descrizione della sua vita londinese è fatta con tono tenero e giocoso.

Nel 1694, per garantirsi la tranquillità economica, divenne pastore anglicano. Dopo la morte di Temple, si stabilì a Dublino con Stella, ma frequenti viaggi lo riportarono a Londra, dove partecipò attivamente alla vita politica (schierandosi col governo *whig*), religiosa e letteraria. Il suo estro e le doti eccezionali di polemista lo resero una delle persone più influenti della città.

Risale al 1704 la **Favola della botte**,

una satira spietata delle tre confessioni relgiose allora dominanti: la cattolica, la luterana e la non conformista, che costò all'autore la possibilità di accedere ai massimi gradi delle cariche ecclesiastiche.

Nel 1708, l'**Argomentazione contro l'abolizione del cristianesimo** segnò l'inizio della polemica con i *whigs*. Nel 1710 il potentissimo Harley, conte di Oxford, si assicurò il suo appoggio per il nuovo governo *tory*. Ebbe così inizio il momento più felice per Swift, che conquistò una posizione di prestigio dirigendo il foglio *tory* "The Examiner". I suoi scritti polemici furono numerosissimi e pieni di vivacità. Egli sostenne la politica favorevole alla fine della guerra contro la Francia (**La condotta degli alleati**, 1711).

Nel 1714, la caduta del governo *tory* pose bruscamente fine a questo felice intervallo ed egli, divenuto decano della cattedrale di St. Patrick a Dublino, fece definitivamente ritorno alla città natale, seguito da Esther Vanhomrigh, detta "Vanessa".

Swift subì sicuramente il suo fascino e, pur non essendone innamorato, non la respinse con determinazione. Questo comportamento ambiguo fece soffrire enormemente sia la moglie che Vanessa, e si risolse tragicamente con la morte di quest'ultima (1723).

Nel 1724 difese arditamente i diritti degli Irlandesi, dai quali pur prendeva le distanze, dai soprusi degli inglesi (**Lettere di un drappiere** 1724).

I viaggi di Gulliver (1726), suo capolavoro, portarono alle estreme conseguenze la sua condanna del genere umano, inserendola in un fantastico mondo immaginario, dove il terribile significato allegorico è accessibile solo a chi può e vuole intenderlo e non intacca l'equilibrio delle costruzioni d'insieme. Questo spiega come un tale testo, al di là del suo spessore filosofico, sia potuto divenire un classico di successo della letteratura per ragazzi.

Nel 1728 morì Stella e da quel momento la sua vena satirica si manifestò con maggiore violenza.

Nella **Modesta proposta** (1729), la satira divenne paradosso: la proposta di usare i bambini dei poveri come cibo per i ricchi nasconde, sotto il linguaggio impassibile da economista, un reale furore.

Gli anni che vanno dal 1742 al 1745 furono per lui di grande agonia: l'orrore per i propri simili prese forme ossessive e un tumore a un occhio gli impedì il sonno.

La sua vita si spense nel 1745: lasciò i suoi beni ai poveri, destinandone una parte alla fondazione di un manicomio.

Nota su Giuliana Berlinguer

Giuliana Berlinguer vive a Roma ma è nata a Mantova. Laureata in legge, si è anche diplomata in regia e recitazione all'Accademia Nazionale d'arte drammatica. Ha scritto e diretto, ottenendo riconoscimenti nazionali e internazionali, i radiodrammi **La novella del grasso legnaiuolo, Radix & Company, Motorpatia** e, per la tv, le 12 puntate della fortunata serie Nero Wolfe (1970) con interprete Tino Buazzelli; i film-tv **Ragazzo cercasi** (1974), **L'esercito di Scipione** (1978), **Un vestito per un saggio** (1979), **Episodi dalla vita di un uomo** (1981) e il film **Il disertore** (1983). Ha pubblicato i romanzi, tutti tradotti in varie lingue, **Una per sei** (Camunia 1985, Premio Milano-Amica, Premio Città di Rapallo, finalista Premio Strega), **Il braccio d'argento** (Camunia 1988, finalista Premio Strega, Premio Bari-Vela d'argento), **La soluzione** (Rizzoli 1990), **Agata e i suoi** (Rizzoli 1994), **Il mago dell'Occidente** (Giunti, 1997).

Si è avvicinata a questa traduzione con lo spirito di chi, per la prima volta, intraprende un percorso così affascinante ma allo stesso tempo insidioso.

Ha cercato di affrontare nel modo migliore alcuni problemi che le si presentavano: per primo, rimanere il più possibile vicino all'originale, senza forzare il testo; poi, cercare di seguire i suggerimenti dell'Autore, che odiava lo stile ampolloso e ridondante, impegnandosi a mantenere lo stile conciso e breve dell'originale. Per ultimo, evitare la falsa imitazione di uno stile antico.

Spera di esserci riuscita.

INDICE

GEMINI I CLASSICI TRADOTTI D

M. BONTEMPELLI

G. BERLINGUER

STANISLAO NIEVO

G. VAN STRATEN

ELIO VITTORINI

TOMMASO LANDOLFI

EUGENIO MONTALE